KB231114

아무도 모르는 이야기

아무도 모르는 이야기

초판 1쇄 인쇄 2011년 03월 10일
초판 1쇄 발행 2011년 03월 18일

지은이 | 허성우
펴낸이 | 손형국
펴낸곳 | (주)에세이퍼블리싱
출판등록 | 2004. 12. 1(제315-2008-022호)
주소 | 서울특별시 강서구 방화3동 316-3번지 한국계량계측협동조합 102호
홈페이지 | www.book.co.kr
전화번호 | (02)3159-9638~40
팩스 | (02)3159-9637

ISBN 978-89-6023-566-3 03810

아무도 모르는 이야기

제 모든 마음을
시와 자연을 사랑하는 당신께
바칩니다

이천십일 년 하얀 날 

발문

계부

지하철 미술관

바람 부는 날 지하철 미술관에는
눈썹이 젖은 사람들이 밤을 걷는다
등짝이 새까만 사람끼리
거세된 입술을 맞대고 네 다리를 뻗는다
수많은 글자들이 그들을 휘감고
바르르 경련을 일으킬 때마다
바구니 깨진 이빨 사이로 동전 소리 요란하다

누군가의 욕설이 묻은 외투는
번데기의 과거를 투명하게 보여준다
화장실에 머무른 누런 발자국이나
먼지들로 꽉 찬 가래침들이
군복의 얼룩무늬보다 더 선명한 사람들
나의 지난날이었거나 다가올 것처럼
마음을 쿡쿡 찌르게 생긴 사람들

주울 이삭조차 없는 여인의 손길에는
세 살 난 딸아이의 웃음이 시리고
연보랏빛 얼굴 깊은 골짜기에는
지아비의 참이슬 향기가 짙다
오늘도 어제처럼 별이 내리는 이곳
낯선 손님을 모나리자의 미소로
반겨주는 여기는 얼마나 아름다운가

1

누가 나의 밤을 가졌는가 그대인가 그대의 그림자인가 나는 늘 홀로 이 밤을 걷고 그대는 내가 모르는 밤들과 나의 밤을 비끼어 걷는구나 누가 나의 밤을 노래하는가 그대는 별과 바람을 몰고 와서 나의 밤을 이슬처럼 장식하고 나는 오늘도 젖은 눈을 감노라

2

나는 이제 무엇이든 가장 사랑할 수 있는 가깝고도 먼 거리를 찾았다 그리고 작은 그대의 큰 것을 본다 이제 그대에게 그리움의 크기를 묻지 않겠다

그대를 만날 때에는 그대의 크기를 생각하고 그대가 떠나갔을 때의 내 크기를 생각하겠다 그리하여 주어진 아픔을 낭비하지 않겠다 대신 그대의 그림자가 되어 오래 머무르리니

눈물이 많은 것을 부끄러워하지 않겠다 눈물을 그대 앞에서 달빛처럼 쏟는 일들에 감사하리니 눈물은 아름다운 것을 위해 흘리되 눈물처럼 투명하게 그대 옷깃에 머물겠다

나는 그대에게 한가지의 이름표를 달지 않겠다 늘 다른 생
김새의 옷을 입히리니 행여 내 말의 색깔로 그대의 세상을
더럽혀 서로를 가두지 않겠다 늘 그대의 빛깔을 담아 내 일
기장을 채우리니

그대의 방에 꺼지기 쉬운 촛불들은 내가 보살피겠다 그리
고 그대의 가장 나중 타오르는 촛불이 되어 그대의 마지막
세상을 밝게 지켜 주리니 그때 그대의 빛 또한 나를 환하게
비춰줄 것을 안다

3

새벽이 오는 창가에서 나는 더 이상 내 쓸쓸한 이야기에
귀 기울일 그대를 찾지 않겠다

밤사이 흘러내리지 않고 내 마음 깊은 숨결을 오려내는 맑
은 눈망울들 오직 그것들을 노래하겠다

내가 머무르지 못했던 세상에는 늘 고운 별들이 쏟아지고
그것을 바라보며 이 밤을 걷는 동안 내 마음은 내내 지나친
길목에 머무르리니

내가 많은 것을 잃고 내가 많은 것을 버려두고 살 때 내가

열심으로 대해야 할 것들조차 나를 떠나갔을 때 그때에도
나는 생각하겠다 내가 사랑하는 것들을 내가 진심으로 사
랑했던 새벽녘 여우별 같은 것들을

　병든 세상이 기대어 와도 다스릴 수 없는 욕망들이 기대어
와도 나는 그것들을 돕거나 좇지 않겠다 그런 꿈에 젖어 살
다 지쳐버리지 않겠다

　별이 내리는 새벽이면 나는 아무도 모르는 노래를 홀로 부
르리니 나를 가르친 진실들이 어느 날 바람 한줄기를 따라
흘러가기를

여우의 저주 - 검은 정원에서

- 더럽고 페스트 같은 존재

그들은 모른다, 자신들이 그렇게 불리는 이유를

태어난 것도 배고픈 것도 죄가 되어버린 그들은 납작 엎드린 밤의 촘촘한 공간 속으로 기어 나온다 그리고 프라이부르크의 악어처럼 제 악취를 들이켠다

그때 후각이 마비되어가는 사냥개들이 쫓아와 그들을 향해 짖어댄다

달리는 걸음에는 상한 스테이크 냄새가 따르고 휘청거리는 발자국엔 쥐약 향기가 난다

문득 위장이 타오르는 것을 느낀다 모든 것을 등지고 눈앞의 하수구로 뛰어든다

한 마리는 한 마리의 가는 숨소리를 느낀다 그러나 가는 숨소리는 제 숨소리조차 듣지 못한다 그렇게 한 마리는 인간의 정원에서 검은 흙이 되어간다

- 더럽고 페스트 같은 존재

욕설은 욕설이 되어 돌아온다 한 마리가 남긴 오장육부의 출혈은 검고 선명했다 땅속으로 스며든 그림자는 인간의 밤을 부메랑처럼 연장한다 그것들의 촉수는 정원의 혈관을 따

라 살아있는 모든 뿌리들에 기생한다 그리고 날름날름 그것
들을 잘라먹는다

편견은 현명하다! 사냥개들은 페스트의 향기를 이기지 못
한다 더 이상 개들은 악취를 쫓지 못한다 사육의 우리 안에
서 이따금 소모된 건전지처럼 울부짖기만 한다

어둠은 개들의 속죄를 물리친다 개들은 희미한 달빛 아래
잠들고 달맞이꽃은 여기저기 창백한 날개를 편다

아무리 아침이 걸어와도 돌아서는 꿀벌의 날갯짓이 여리
다 새들은 바닥에 내려앉아 검은 씨앗만 온종일 쪼아대고
있다 아마도 그들은 배가 부르지 않은 모양이다

- 더럽고 페스트 같은 존재

독립을 꿈꾸는 눈물방울은 검은 구름이 된다 그들은 자유
로운 것처럼 보이나 때때로 목이 달아나거나 팔다리가 떨어
져 나간다 그러나 우리는 여전히 그들을 자유롭다고 말한다

나는 그 구름들이 내린 검은 물을 먹으며 자라고 있다 가
끔은 나와 함께 눈물을 나누는 이들이 있다 그들은 혀를 잘
라낸 용감한 자들이며 별빛이 찬란한 새벽을 사랑한다

우리는 날이 밝으면 반듯한 거리에 쓸리어 다니거나 나부

낀다 그러다가 부스러진다 사람들은 이런 우리를 잉어가 아
닌 잉여라고 부른다

　잉여의 손길들은 엮고 엮이어 울타리를 만든다 거짓으로
동여맨 진실이나 황금으로 빚어낸 보석처럼 강하거나 화려
하지는 않다 다만 우리의 습한 땅에는 여우 한 마리의 저주
가 싹틀 뿐

키 작은 노래

내 마음 다 자라지 못해 키 작은 노래를 부르네
머무른 데가 적어 나는 여기 풀잎, 꽃잎을 노래하네
저 하늘 별빛, 달빛은 그저 멀고 먼 새들의 지저귐
바라본 적 없는 이야기를 나는 향기롭게 지을 수 없다네
바람에 흔들리는 이파리 하나하나 가지마다 내려앉은 눈
꽃 송이 송이를 이따금 노래해야지
시리게 다가오는 소리들이 내게 얼마나 고요한 눈물로 남
을 수 있었는지를

낙타의 꿈이 잠들 무렵

화분 위로

줄지어 낙타들이 걸어온다

별빛이 뜨거운 새벽 방목의 자유를 만끽하네

고삐의 사디즘에 빠졌을까

밤을 걸어온 낙타들은 신기루의 늪을 오아시스라 되뇌네

너희들의 깊은 눈망울

상상의 우물에 고여 우울한 점프를 하네

모래알 같은 바람으로 빚어진

향수의 바다로부터 물끄러미 기어올라 하나

둘 봉우리가 되어가는 별빛의

울퉁불퉁한 한숨들

등대

비탈진 열 길 둑에 붉은 촛대 하나 섰다

물결은 검푸르게 몰아쳐 빛의 줄기마다 새하얗게 매달린다

갈매기의 소란한 꿈도 사라지고

인적(人跡)은 먼 바다를 떠도는 반딧불처럼 가냘프다

살그랑 살그락 바닷바람은 별빛을 쓸어가고

드문드문 아득한 숨소리가 밀려온다

그리고 부서진다, 차갑게 끓어오른 거품처럼

발길이 젖은 불빛은 더 이상

밤을 가둘 수 없다, 삼킬 수 없다

XX 스캔들

금발을 갖고 싶은 XX는
손에 쥔 YY가 없어
ZZ했다

대신 큰집 사람들은
XX의 속살무늬로 벽을 꾸미고
신의 가르침을 즐겼다

값비싼 XX를 본 손님들은
모두 엄지손가락을 치켜세우지만
속으로는 가운데손가락을 빨고 있었다

어쩌다 XX에 반한 이는
형님 흉내를 내다
XX의 마음에 불을 지펴
은빛 팔찌로 삶을 장식할 뻔했다

노점상에게 고함

헤르메스의 수레를 약탈한 노점상이여
잘 보아라, 너희의
번지르르한 입술 위로 피어오른
단단한 말의 봉오리들

램프의 요정이 또 말하기 시작하네
잘 들어라, 네 머리 위로
굶주린 해태가 입을 크게 벌려
그 단단함을 부수어 내리니

아무도 모르는 이야기들이 옥신각신
푸른 지붕 아래 목을 드리우고
살아있는 슬픔을 아로새기네
단단한 이 광장이 하얗게 질리도록

빌어먹을 예언

텔레비전에서 예쁜 엄마가 어여쁜 아이한테 말했어요
- 엄마 말 잘 들으면 착한 아이

학교에서 호랑이 선생님이 필통으로 머리를 탁탁 치며
- 아빠 말은 잘 듣느냐, 돌대가리야

울면 도깨비처럼 얼굴을 울긋불긋 바꾸지요

집에서는 엄마가 파리채로 나를 두드려 잡지요
- 공부하기 싫으면 심부름이나 해라, 골칫덩이야

성적표가 나오면 아빠는 저승사자처럼 도끼를 내리찍으며
- 밥이나 축내지 마라, 빌어먹을 놈아

울면 꼴도 보기 싫은 양 대문 밖으로 쫓아내지요

잘 나가는 약방

싱거운 욕망을 마시는 일이 길바닥의 복권처럼 쓰잘머리 없다지만 하룻밤의 술친구를 위해 밤을 도려 먹는 것은 조금은 가슴 떨리는 일

그런 일념은 스스로를 비웃게 만든 효모의 무더기에 언제나 굴복하여 내 사랑의 만년필은 세상을 아름답게 그릴 수 없다

오히려 슬쩍 건넨 낙지 다리의 끈적임 같은 것이 쾌락의 삯처럼 값져 보인다

술맛을 만들어 가는 그 모든 것들에 값어치를 달아놓고 시끄러움을 빌어 무언가를 달래야만 했던 잘나가던 약방에서조차 쓰러지곤 했다

보이지 않는 길

샴푸가 동나 헝클어진 머리로 나서면 내게 오던 걸음들은 모두 돌아설 것이다

이를테면 수술대 위에 드러난 내 욕망의 창자들이 - 백의의 천사들이여, 내 거식증의 원인은 신용이요! 라며 꿈틀댄다면 이 가난도 속 시원히 끝장날 것이다

허락 없이 태어난 죄는 크다

내 세포에 숨은 디엔에이는 끝없이 바이러스를 잉태하나 치사율만큼이나 백신은 비싸기에 내 비릿한 땀으로는 끝내 살 수 없다

휴전선이 냉전의 발자국에 으스러지거나 느닷없이 하늘의 둑이 무너져 내리면 가장 먼저 모가지 드리울 이가 미리 떠나간다

지난밤에도 안개 자욱한 이 길을 따라 누군가 사라졌고 또 다시 누가 이 몹쓸 곳으로 달려들지 모른다

그토록 목숨이 간절했던 이들 하나 둘 떠나감이 의아할 뿐

버릇처럼 하는 말

그의 비좁은 속을 비집고 들어서면 비린내가 난다

비겁한 용기는 늘 아래쪽을 바라본다

헐거운 아랫도리를 부여잡고

신의 이름으로 아랫것들을 꾸짖는다

허황된 꿈이 실업률을 올린다며 한참을 타이른다

옹고집의 입방아에 차지게 빛바랜 것들은

아무렇지 않는 듯 새 일자리를 찾는다

그저 그의 옹기 한가득 고여

붉은 한 모금으로 기억될 이들의 낯빛이

새하얀 버릇처럼 출근길을 메운다

천국으로 가는 길

거지들은 스스로를 가엾게 여기지 않아
그들의 세상에도 천국은 존재하지
우두머리가 되려면 머리가 없어야 한다네
다리가 없다 해서 그리 불편한 게 아니거든
불쌍히 보여야 오래 사는 법이니까
무릎으로라도 걸을 수 있다면 곧 굶어죽게 되지
죽음의 문턱을 걷는 자들만이 살아남는
그곳이 그들의 천국이라네
가난을 외치는 건 사치에 불과하지
현명한 이들은 남은 팔다리까지 잘라낼 걸세

지루한 이야기

하얀 달은 새해가 되면 쓰레기통으로 진다 공자의 입술은
성형외과 문으로 늘어선 인파 속에서 지치고 노자의 눈물은
고인 강물처럼 썩어간다

스스로 별이 된 자들은 말한다 나무가 가득한 산은 사막
이 되어야만 신화로 남고 숨어있는 새소리는 늘 불경스럽다
고 한다 인생은 연기라고 말하며 갖가지 탈을 만들어 경력
으로 삼고 자유는 선의의 경쟁을 통해 얻는 권리라고 주장
한다

일간지의 첫 면을 장식하기 위해 우리는 쉬지 않고 반짝이
는 별들의 재잘거림을 따라 수많은 폭력의 역사를 써 내린
다 말을 아꼈다 고개를 숙였다 술잔을 나누었다 사랑은 쟁
취하였다

우리는 자연의 진실 대신 인간의 이성을 택해야 한다고 배운다 그렇지 않으면 우매함의 경지를 얻기 때문이다 우아한 욕설은 세상을 깨치게 하는 힘이라 교과서 곳곳에 씌어있기에 가난과 절망 속에서도 그것을 일기장 가득 베끼는 것이다

그리하여 우리는 모순의 동굴에 갇힌다 하나의 눈은 또 하나의 눈을 하나의 귀는 또 하나의 귀를 멀게 한다 한 손이 다른 손이 하는 일을 한 걸음이 다른 걸음으로 이르는 길을 막으려 한다 우리의 풍자는 희극도 비극도 아닌, 더러운 휴지다

디지털 살인

　보이지 않는 망령들과 연애를 하던 나는 하얀 눈을 잃어
버렸다 병든 모니터 안에 모든 세상이 갇혔다 흐린 하늘 받
치던 전신주는 떠돌이새의 울음에 점점 기울어 간다 머릿속
깊이 전자파를 가두던 환자의 눈도 메마른다 육식을 즐기던
나는 혈관이 막혔다 대신 그 하수구에 전기가 흐른다 나의
탁월해진 오감은 세상 모든 것에 찌릿찌릿 반응한다 휴대폰
이 진동한다 잠든 욕망이 화들짝 일어선다 귀로서 혀를 느
끼고 입으로 귀를 더듬는다 사랑의 배터리는 충전되기에 빈
방에서도 외롭지 않다 나는 지독한 중독자이다 나는 디지털
을 사랑한다 살아있는 모든 것은 식상하다 어서 더러운 곳
을 막아라 이 글을 읽던 또 다른 네가 너의 숨통을 조이기
전에

기어오르는 무지개

늙은 가족들이 그저 웃음으로 인사할 때 나는 왜 헤어짐을
슬퍼하는가
생각해보니 나는 그들의 그림자를 한 번도 안아주지 못했다
홀로 밤을 맞는 동안 내 그림자도 사라졌다
눈물은 여전히 나를 지키고 나는 그 눈물의 진실을 쓰고
있다

이 긴 영화가 끝나고 많은 사람들이 서서히 내 곁을 떠나갈
때 나는 화면을 기어오르는 아름다운 이름들을 떠올리겠지
사랑을 느끼게 한 사람이나 상처를 준 이들까지도 결코 못
잊을 거다
모든 기억이 소멸해도 그들의 작은 걸음들 아래 남기어졌을
고운 흙을 생각해야지

그곳에서 나는 다시 무지개처럼 기어오를 것이다
늘 마지막을 축복했던 가증스러운 꽃으로 피어나지 않겠다
뜨거운 이슬은 너무도 빨리 증발하니까 부질없는 별빛을 피
해 숨 쉬겠다

우거진 모든 것의 그늘 아래서 나는 늘 기다리며 더 이상
뒷모습을 보이지 않겠다

아, 이제 와 나는 후회하네
기다림이 없는 꿈들을 왜 머리맡에 쌓아두고 살아왔는지

구제역

소의 솔방울만한 눈망울을 본적이 있어요
그토록 진실한 호수는 바라본 적이 없었어요
그들의 평온한 하품은 아름다운 자장가예요
돼지의 살결을 본적이 있나요?
포근한 너그러움에 많은 새끼들이 매달려요
그들은 나누기 위해 제 살을 찌우죠

그들의 우리 위로 가끔 까치가 날아와
수없이 재잘대는 것을 들었어요
소가 그 시끄러움을 깔고 잠이 들거나
돼지가 꿀꿀이죽을 엎질러 혼란에 빠졌을 때
잽싸게 날아들어 그들의 먹이를 쪼아 먹는 까치들
그들은 살기 위해 훔치기로 하였던 거죠

까치는 정치와 철학에 능통하였어요
지루한 세상을 아름답게 만드는 학문이니까요
목사나 교수보다 더 큰 목소리를 가질 수 있었어요
그들은 스스로 날아오르는 재능도 가졌어요

그토록 가벼운 말이나 몸집은 본 적이 없었을 거예요
소나 돼지 모두는 어리석었으니까요

까치는 그들의 식욕을 구덩이로 유인하였죠
제 살이 썩어가는 냄새와 제 목소리의 역겨움 속에서
그들은 아무것도 먹지 못할 테니까요
재판장의 선고보다 강력한 바이러스를 가져오는 일은
날개를 가진 이라면 쉽게 해낼 수 있었겠죠
이제 소와 돼지가 없으니 그 다음은 누가 될까요

완벽과 절벽

정상을 눈앞에 두고도 추락하는 이들을 보았네
절벽이 완벽의 경계에 놓여 있기 때문이지
그러니 늘 조심하게나
꽃을 움켜쥐는 건 급한 일이 아니라네
구름이 천천히 산을 오르는 것도
소나기로 그치는 삶이 얼마나 허망한지
누구보다 잘 알기 때문이라네

시종일관

시를 쓴다고 말하는 이들을 논하려 하네
그들 중에는 시종(侍從)이 많지
이들의 우상은 황금이나 여자 때로는 권력이지
그래서 평생 그것들의 종으로 사는 거지
아름답게 빌어먹는 거지

그러나 당신이 행운아라면 시종(詩宗)도 만날 수 있다네
그들은 시를 쓴다는 말을 아끼지
자신이 내뱉은 진실까지 의심하기 때문이지
그래서 평생 스스로를 죄인 취급하며 사는 거지
아름답게 죽어가는 거지

분수의 구조

못질로 쌓아올린 구조물에서
항상 그것들이 무너지는 소리를 듣는다
못질의 속도만큼 빠르게 무너진다
위태로운 무덤을 예술이라고 자랑하던
뇌세포의 줄기들이 끊어지는 소리를 듣는다
공포영화의 칼질처럼 죽죽 끊어진다
이별의 인사처럼 뚝뚝 끊어진다
그동안의 모진 땀방울이
화려하게 쌓아올린 허영의 구조는
눈물처럼 하얗게 추락한다

나 한평생 깨달은 것은
내 인내의 높이가 만든 속도이다

검은 암막

어쩌면 시작이 반이라는 건 불행한 일이다 잔혹한 살인사건
이 근질근질한 광고가 정치적 욕설이 하루를 장식한 신문을
본다면 이러한 지옥을 벗어나려는 사람들이 죄인이었을까

드디어 비릿한 망막에 망할 막이 오르고 총부리가 아닌 주
둥아리로 사람을 죽인 싸움닭의 이야기를 읽었다 개구리가
개구리를 삼키는 사진도 보았다 이집트의 피라미드가 사람들
의 입을 먹여 살린 이유를 알았다

유통기한이 지난 음료수를 마시는 마음처럼 어쩔 수 없이
살아간다고 이웃들은 내게 하소연하지만 텔레비전은 눈부신
경제성장률을 자랑하고 있다 곧 나의 두 눈에 검은 막이 내릴
것이다

물길

눈물이 총총
미끄러진 빗길

멍든 그리메 쓰다듬던 거리등
반쯤 감긴 눈시울에 매달린다

못된 깨달음 비집는 빛 한줄기
가을밤을 거슬러 거울로 먼 나들이

왔다
감자 같은 얼음 같은

얼굴
웃음

마저 삼킨 입술
까지 미끄러진 눈물

푹 고개 숙인 머리의 가락 따라

쭉 노을 진 코 사이사이 고랑 따라

총총 매달려

겨울맞이 하거늘

하루살이

땅거미 너울너울 기어오면 나는 홀로 걸었으나

그들은 물안개처럼 무수히 날아올랐다

내 입술의 핏기를 보고 온몸으로 부딪는

가녀린 항거가 필사적이다

머금은 가랑비가 문득 두 뺨을 적시니

이제 나의 가슴에도 해가 진다

가로등 불빛이 딱딱해진 거리를 녹일 즈음

무엇이 그들의 눈을 멀게 하였을까

초가을 하루의 사랑은 너무도 뜨겁다

눈부신 죽음 앞에서 내 마음도 활활 타오른다

아름답게 우네, 가진 모든 슬픔들처럼
서럽게 빛나네, 손가락 마디마디마다

가락이 사랑이 되네
이토록 많은 눈물의 줄기들
그대의 눈과 손을 지나 내 귀를 지나
나의 가슴 한편을 저미고 철없는 두 눈에서
하염없이 쏟아지는 동안

세상 모든 것의 새로움을 느끼네
이미 떠난 것의 발자국에서도

그대의 기억을 그리고
나의 지난날을 그리어 내고
높은 곳의 검은 기둥들
낮은 곳의 하얀 바닥까지 기울도록
부질없는 바람들 쓸어내리고

아름답게 우네, 새벽이 그대의 눈망울에서
뜨겁게 빛나네, 별빛이 그대의 손끝에서

아무것도 아닌 이야기

사람이 사람을 만나는 일, 어렵지 않은 일이지

하지만 당신이 만남의 정의를 어떻게 내리는가에 따라 당
신은 아무것도 아닌 사람들과 함께 한 게 되지

이처럼 아무것도 아닌 내 이야기에 귀를 기울이는 그대가
눈을 깜빡이며 나에 대해 생각할 지도 모르지

당신이 가야할 길이 내가 걸어간 샛길을 가로지를 때 아마
도 당신은 내가 궁금해질 거야

나는 누구일까 스스로에게도 되뇌며 우리의 관계를 생각
하겠지

내가 가꾼 꽃밭에서 쉬어가는 당신은 늘 여러 가지 향기
에 대해서 논하려 하지

하지만 나는 그런 당신을 대하며 그 아름다운 눈과 입술
에 고여 있는 향기에 점점 취해가고 있었지

아이리스의 여인

어떤 이는 꽃이 시든다고 슬퍼하네요

꽃은 늘 피어있는데 왜 눈물을 흘리나요

당신은 그 꽃을 본 적이 있나요

그녀의 하얀 얼굴 고운 눈동자 그것만이 꽃인가요

그녀가 눈물의 향기를 머금고 한줄 시를 노래할 때

새벽 별빛 또한 아이리스처럼 곱디곱게 피어나던 걸요

당신 역시 그 꽃의 값어치를 눈물로 대신하지만

그녀는 당신의 싸늘한 눈물이 뿌려진 뒤안길을 택하여

참 쓸쓸히도 걸어갔다는 걸 아시나요

그녀 역시 하얀 향기 속에서 걷길 바랐죠

밥 지을 때면 피어오르는 김처럼

제 닮은 아기의 미소처럼

당신이 그녀의 숟가락을 들지 않았나요

당신이 그녀의 아이를 가진 것 아닌가요

그런 당신이 아이리스가 영영 피지 않을 것을 슬퍼하네요

그녀가 남긴 씨앗들이 또 다른 이의 손길에서

얼마나 아름답게 피어날지는 정말 아무도 모르는 일이죠

그녀의 아이리스 향기를 맡으러 몇 번이고 극장을 찾아가거나

그녀의 일기장을 적시려 몇 날밤을 지새울지 모르겠군요

나와 당신이 이 비루한 눈물로 속죄할 수 있을까요

동물원의 송곳니

아무 것이나 먹어치우는 너는 이를 가졌고
풀잎만 삼키는 사슴은 왜 이빨을 가졌을까

거짓말을 할 줄 아는 너는 머리를 가졌고
벙어리 토끼는 왜 대가리를 가졌을까

너의 이름은 위인전의 제목이 되고
왜 그들의 이름은 욕설로 남았을까

너는 동물원에서 말과 글로 놀이하지만
그들은 너의 눈길이 너무도 따가웠다

내가 너의 송곳니를 처음 보았을 때
너는 깨진 거울 속 웃음 짓는 악마였다

어지러운 안경

대머리 아저씨는 내게 검은색 렌즈를 권했고

나는 한참 고민하다 푸른색을 골랐다

정확히 원가의 오십 퍼센트를 할인받았고

아저씨는 손해 보는 장사라 하였다

나는 한동안 두 눈이 멍든 것처럼 어지러웠다

친구들은 내 푸른 눈가를 보며

물가와 주가를 논하기에 너무 어지러웠다

하지만 안경을 바닷물에 빠뜨린 이후로 결국 새것을 샀다

바로 그 대머리처럼 빛나던 검은색 렌즈

검은색 뿔테의 럭셔리 모델이기에

정확히 원가를 주고 구입했다

아저씨는 하나 남은 신상품이라 하였다

나는 한동안 두 눈에 불을 켜고 다녔다

동료들은 내 검은 눈빛을 보며

커피와 술을 권했고 나는 더욱 어지러웠다

그것을 내 눈 속에 빠뜨린 이후로 나는 아무것도 보지 못했다

사라진 비린내

나라 모양새가 이웃과 달라
새로이 네 줄기 가람을 만드노니
가두어라 가두어라
알 리 없는 물고기 비린내를 막아라
찌거렁 찌거렁 엄마야

둔치 아래 무리 지은 주검같이
저 너머 살찌우는 돼지같이
고운 모래 가득하니 물결이 실금 같다
'오-매 벌거숭이 되것네'
알리 알리 다 알리 하늘이 알리

돈꽃이 아름드리 피기까지는
우리네 꽃멀미로 너무도 모자라니
엄마야 누나야 가람에 가자
아름다운 또 다른 가람에 가자
개풀 무덤 안고 굴며 떨어지자

혐의 없음

눈물샘을 쥐어짜는 밤이 있었다, 내게

달걀을 삶아내는 소금보다 더 짭짤한 서리가 내렸다, 내게

하필 거짓으로 배를 채우는 거지들이 와서

복날의 개새끼처럼 나를 두드렸다, 나는

그 비릿한 웃음을 베어 얼음 창고에 가두려 했으나

왜 겨울은 나에게만 오려 하는가

정의의 꽃은 시들어 빈 껍질만 밥상에 굴러다니니

나에게 땀방울처럼 달게 삼킬 씨앗이 없다

타인의 믿음을 요리하여 배를 채우는

검은 헛바닥의 죄명은 혐의 없음

욕망의 꼬리가 너무도 투명하여, 내 얼굴에

지린 오줌을 뿌린 흔적조차 없구나

너희들 네 이놈들 언제이고

허영의 시동을 걸어 먼 여행을 떠날 때

태어나 처음 맛볼 단 하나의 진실

후회로 얼룩진 사타구니까지 날름거리어라

마로니에의 아침계단

달빛이 허덕인 거리마다 새하얀 입김이 새어든다

얼어붙은 그림자들도 빛바랜 새벽처럼 새록새록 지쳐간다

탁아소 울음소리에 지친 떠돌이강아지는 두 귀를 묻은 채 잔다

어느 예식장의 청소부는 굶주린 파리를 위해 달콤한 휴식을 내던진다

삶의 향기에 취한 영혼도 가슴의 먼지를 떨어내고 안개 속에 자취를 감춘다

아침햇살의 타종 소리가 머물다 간 마로니에의 일기장에는 여백의 진실이 뒹군다

까짓것

까짓것이란 말을 증오한다
그러면서 나는 이 말이 제목인 시를 쓴다
이렇게 미쳐가는 마음 역시 증오한다
야구공을 던진 적이 있다
나는 글러브의 깊숙한 곳을 노렸지만
때로 아픔이 형의 착한 얼굴에 날아들기도 했다
그래서 내가 까짓것이 되는 것인가
나는 소 뒷걸음질처럼 백점을 받아야 했고
상투적으로 늙은 사람들은 내게
그까짓 점수를 매긴다
이것은 어찌할 수 없는 노릇 같지만
내가 법이라는 큰길을 내고
누군가의 삶에 입방아를 찧는
까짓 인간이 되지 않은 죄이기도

아름다운 질서

그들이 상투적 수사를 경계하는 것은 그것이 대중에게 낯
익은 탓으로 쉽게 공격받아 무너지기 때문이다
따라서 익숙한 아름다움이 그들의 대열에 합류하는 것을
염려하여 보다 난해한 구조물로 그들 주변에 울타리를 만드
는 것이다

아마도 그 경계에는 극지의 이끼조차 살아가기 힘들지 않
을까
그곳에 이르는 계단이나 작은 틈도 존재하지 않는다
오로지 그들을 닮아야만 마치 구원을 받듯 우리는 시인이
나 부자나 정치인이 된다

그들은 그곳에서 아름다운 질서를 만들고 우리는 머나먼
곳에서 그토록 정갈한 언어를 배우며 그 속에 숨겨진 정답
을 찾아내야 한다
그래서 그들로부터 단 한번이라도 칭찬을 얻어내야 한다
성경도 그처럼 논리적이지 못하며 천일야화도 그처럼 농염
하지 못했다

그들이 가진 예술의 경지는 감히 신의 경지를 아우를 지경
이며 우리는 가진 모든 눈물을 동원해 그들의 발밑에서 쏟
아내야 한다

평범하게 사는 길이 가장 어렵다고 그들은 말하고 우리는
아름답게 사는 그들만이 진리를 깨친 자라고 말한다
진실은 우리 모두의 눈앞에 있었으나 세상은 단지 그토록
비좁은 그들의 입에서 잉태되었다

예술과 상술

술 마시는 너희들에게 내 한 가지 일러두겠네
오래 삭은 술맛을 가끔 예술이라 칭하지
그러나 그 이유에 대해 알기나 하는가

사실 지난 오천 년 동안 예술은 발효되지 않고 썩어왔으
며 심지어 그것들은 두꺼운 안대에 불과했다네
종교라는 포장지는 시끄러운 입술을 핏빛으로 감싸주었지
신의 이름으로 백성의 꽃을 거둬들이기에 예술만한 선전
물이 없었던 것일세

누구든 큰 목소리를 가지게 되면 재능 있는 자를 찾아내
어 조상들에게 흡혈귀 같은 새 생명을 불어넣었지, 바로 예
술이란 허구를 이용하는 거야
그동안 예술가들은 가진 자에게 기생하며, 그들의 얼굴에
신의 생기를 불어넣었지 그리고 그 더러운 입으로 무엇을 했
겠나
하룻밤의 숫처녀와 술통으로 호흡하며 다음날을 기약하
는 뜻으로 서로의 옷을 벗겼지 그리고 수줍은 몸뚱이를 기
념하게 위해 백합 한 송이와 비둘기로 거룩한 문신을 아로
새겼다네

그들은 자신의 학문을 맛보려는 젊은이들에게 그 아름다운 기술을 가르치며 이른바 교수라 불리기도 하지

그들의 아버지 아리스토텔레스는 이렇게 말했다네, 시는 본질의 가치를 부풀리는데 필요한 아름다운 거짓말이라고
얼마나 많은 이들의 눈과 귀가 그들의 말에 의해 썩어왔는지 이해할 수 있겠나, 아직도 예술은 너희들의 모든 삶을 거침없이 조각하고 있다네

너희들의 키 작은 망막에다 그들의 화려한 동상을 유료상영하며 늘 우러러보도록 세뇌시키지
어느 날 너희들은 새소리를 흉내 낸 신시사이저의 기괴한 음악에 취하여 이렇게 외칠 거야
- 오, 신이시여! 당신의 목소리는 제게 참된 눈물을 주시오니 부디 죄 많은 저를 구원하여 주소서
신이 존재한다면 아마 그때마다 너희들을 비웃으며 이렇게 답했을 것이네
- 그대가 보고 들은 것 대신 오로지 그대가 믿어온 것이 신이었지 않느냐? 그대는 그것들로부터 먼저 구원받도록 하라

너희들 중 이를 깨달은 자는 이미 개종했거나 신을 부정하
고 있겠지
결국 나라는 사람도 그 중 한 명일 테고
자, 이제 그만 심술부릴 테니 내 술잔 좀 가득 채워주게나

고장 난 가슴

그 해 여름
허겁지겁 들이킨 전자파들은
불쾌지수의 최전방에서
나를 웃게 하더니

사수하던 게으름이 발각되면서
철없는 눈물샘은 고장이 나고
어른거리는 뉴스속보가
황폐해진 가슴에다 수류탄을 던져댔다

놀이는 끝이 나고
아름다운 나라의 승전고가 소란하더니
기다렸다는 듯
한 선교사의 죽음이
자랑처럼 들려오는 것

내가
미쳐도 한참
미친 것

까치 울음

우습지만 하루는 텅 빈 창자에서 까치 울음이 들렸다

전철이 들어오는 소리 같은 것들 사무실의 타자 소리 같은 것들 식빵 한 입만큼 고막 근처에 있었다

덧없이 매달리기도 했다

어쩔 때는 그 속임수가 섬세한 여자의 허리선같이 내 볼을 타고 흘렀는데 혼자서 삼키기엔 가슴 가득 가려운 일이었다

내 심장이 지루하지 않은 까닭은 그 몇 마리의 울음이 스며들어 저물어 가는 내 목소리들 때문

척척박사의 천 길 낭떠러지

나는 매일 여러 가지 신상품을 접한다 가장 빠른 탈 것이
라 떠들어댄다 우리를 안전하게 지옥으로 모시는 회사는 낭
떠러지 광고에 여념이 없다

자랑의 세월 속에 입이 다 닳은 척척박사에게 나는 말한다
그토록 빨리 그곳으로 가서 돌아올 수 없다면 이 길을 더
천천히 걷겠노라고 차라리 주어진 것으로 내 절벽을 꾸미겠
노라고 천 길이나 되는 꿈을 숨 가쁘게 기어올라 순식간에
떨어지고 말 삶이 서른 남짓의 이가 썩어가는 시간처럼 더디
기를 바란다고

그러자 척척박사는 지지 않고 내게 말한다
찰나의 시간 속에서 더 많은 것을 보여주겠노라고 아찔한
순간일수록 짜릿한 경험이라고

결국 나는 깨달았다 이 세상에 내가 그를 이길 수 있는 길 하나 없고 멋지게 추락하는 이 길만이 존재한다는 것을 나는 척척박사에게 더 감사해야 하고 가급적 그의 가진 것을 부러워해야 하고 최대한 그를 닮으려 노력해야 하며 결코 그의 명예를 헛되게 해서는 안 된다는 것을

그의 천 길 낭떠러지는 그랜드캐니언의 역사를 무색케 하고 스핑크스의 울음을 잠재우며 숱한 시시포스의 도전을 물리쳤다

나비의 추억

어느 풀잎에 앉으나 너는 순수하지만
순진한 탓으로 요란한 꽃 무덤에 취하여 드러내길 좋아했지

장미처럼 붉은 속삭임에 이제 지쳐갈 때도 되었는데
오늘 같은 여름날 뜨거운 속내를 참을 수 없나

주름 진 기억을 새하얀 옷으로 가려 보지만
안으로 안으로 영혼이 병들어 가네

누구보다 순결한 날갯짓으로 더럽혀져 갔던 눈동자에
붉은 추억만이 망울망울 맺힐 뿐

제2부

소멸의 늪

　너희들의 기괴한 아름다움이 소멸의 늪이 되었으니 이제
그만 그 허물들을 벗어 던지어라
　세상은 그것 없이도 늘 제 모습대로 존재한다
　보라, 그 어수선한 옷을 벗어 던지고도 떨림 없이 오롯한
진실들을!
　나는 너희들의 우울한 문장을 눈이 아닌 목구멍으로 넘
기고 있지만 너희들은 여전히 밤새도록 머리를 쥐어짜며 그
것을 더 부풀리고 있구나, 너희들은 드디어 언어의 암세포를
만들었다
　나는 더 멀리 벗어날 수 있었지만 너희들의 입안에 갇혀
버리고 더 높이 날고 싶었지만 그 높이라는 늪에 머무른다
　푸른 밤과 붉은 낮을 새하얀 정수리에 아무리 그려 넣어
도 애국의 길은 뜨겁게 부르짖거나 승리한 것처럼 마구 흔드
는 데에 있다
　무엇을 위한 기록은 어리석고 무엇이 되고 싶은 너희들은
오늘도 이곳에서 까맣게 죽어간다
　다만 내게 남은 것은 너희들이 새기고 간 사랑이다

　다행히 그 뜨거운 눈물은 늪 어귀에서 콸콸 샘솟고 넓은 강을 이루며 또 다른 눈과 입을 낳으리니
　다시 그 푸른 바다에 이르는 길은 너희들의 진실을 무지개처럼 꾸미지 않는 데에 있다

진리의 숲

나는 보았다, 얼마나 많은 창들이 숲의 경계를 만들었는지
길고 긴 협상의 끝에 제자리인 척 곳곳에 파고든 온갖 소리들이 진리의 숨통을 꽉, 조이고 있었기에 깨진 유리창의 진실처럼 아무도 숲을 가로지르는 길을 내다볼 수 없었다

나는 흩어진 거울조각들로부터 울창한 진리를 보았다
은하수, 그들의 빛은 결국 그 수많은 파편에 부딪혀 되돌아오는 것이다
하지만 그 빛의 모서리가 무른 영혼을 내딛었을 때 나는 또 얼마나 쉽게 부수어졌는가
더 이상 빛을 머금거나 반사하지 못하는, 사막의 먼지로 사는 것이 나의 숙명이었을까

스스로 빛을 발하다 목숨을 내던지는 별들은 결국 제 어둠에 갇힌다
그러나 대부분은 그것으로부터 아름다운 거리를 두며 꺼질 듯 반짝이고 있었다
훗날 나 또한 하늘을 잃어버린 숲처럼 활활 타오르겠지만 그동안의 빛이 또 하나의 숲을 만들 것이다

봄옷을 입다

거짓으로 꼬인 밧줄을 풀어 자유로운 두 손을 묶자, 시인
의 입만이 온전하게 살아나 푸른 거울에 스스로를 묻어 버
리도록
타오르는 장작에서 이글거리는 조각 하나를 집어 영원의
냉수에 식히자, 그 새까만 진실을 깨부수어 밤의 옷을 입히
기까지

너는 봄의 샘물을 긷는 처녀이다
나는 너의 뒤에서 아지랑이처럼 피어오르는 너의 수줍음
을 보며 차가운 입에서 거미줄을 뽑아내고 뜨거운 손에서 검
은 실타래를 만들어내고 다시 그것을 엮어 너의 계절을 지어
내고 있다

그러나 너는 나를 새처럼 꾸짖고 태양처럼 두 눈을 멀게
하고 내 가난한 두 다리를 빌려 숨겨진 길을 걷는다
한 잎 두 잎의 이파리 지는 소리를 따라 돌아올 수 없는
오솔길을 따라 여린 무지개꿈에 맞선다

사막의 밤

   그대는 나와 한여름의 불길을 걷고 있네 희미한 바람의 줄기를 따라 겹겹이 쌓인 황혼의 지평선을 걷고 있네 카타르시스의 눈물은 한때 억수같이 내리다가 가시 돋은 선인장 속에 갇히고 다시 모래지옥에 스러지고 사라진 우주는 황토의 장막 아래 별빛의 소나기 속에 안개처럼 서리어 있네 해를 삼킨 지상의 하늘빛은 끝없는 밤을 노래하고 우리는 낙타를 따라 긴긴 사막을 걷고 있네

   낙타는 여우의 그리움을 싣고 떠나네 박쥐는 도마뱀의 갈증을 안고 떠나네 하이에나는 전갈의 독을 품고 떠나네 부엉이는 독수리의 허기를 느껴 떠나네 살쾡이는 풍뎅이의 악취를 피해 떠나네 고슴도치는 선인장의 아픔을 닮아 떠나네 모래고양이는 가젤의 놀람에 덩달아 떠나네

   사소한 가슴 떨림으로 우리는 고운 모래언덕에 쓰러질 나무가 되지 않으리 무너질 성을 쌓아두지 않으리

   모든 수난의 그림자는 사랑의 눈에서 물결치고 눈물 언저리에서 반짝이고 설교의 길을 따르는 어둠은 시시포스의 내일을 따라 황설탕 같은 은하수로 흐르네

산집

어느 얼어붙은 산속
머리가 희끗 새어버린 초가
지붕을 뚫고 가물가물
추억이 피어오르는 곰방대
그 위로 쏟아지던
깨알처럼 숨 막히는 별빛

흙 – 블랙홀의 화석

흙은 나이다, 나의 눈물이다
나는 눈물과 함께 태어나
버섯구름의 뿌리에서 줄기가 되어
하늘을 닮은 꽃으로 피었다가
씨앗에 날개를 달아주고는
다시 눈물과 함께 시들은 뜻이다

시작이자 끝이며
기쁨이자 슬픔이며
만남이자 헤어짐이며
사랑이자 상처이며
삶이자 죽음이며
천국이자 지옥이다

뜻을 알면 눈물이 솟고
그렇게 고인 샘은 더없이 맑다
부풀은 풍선처럼 둥글고 투명한 힘을 지닌다
그것은 피처럼 끓어오르다가
빗물 속에 식어간다 그리고 흐른다
모든 배설의 흔적을 따른다

시원한 바람, 성난 회오리
딱딱하였다가 가벼웠다가 물렀다가
다시 단단하게 뭉쳐
새들이 발자국을 내는 곳

도약과 비상의 지점
추락하는 이슬이 맺는 자리

눈물로 이지러진 얼, 얼굴의 깊은 늪
가진 모든 것들을 비운 마음
모든 것이 뭉쳐 모든 것을 가두는 항아리
가슴을 무너뜨리고 머리와 다리가 만나는 몸
그렇게 만난 설렘이 환하게 타오르는 빛
시의 별빛으로 내가 숨 쉬던 자리

영원의 바다 속 먼지가 된, 아무도 모르는 검은 흙, 블랙홀

아침 햇살

풀잎에 매달린 이슬처럼
이파리에 구르는 새소리처럼
클로버 줄기 사이로 사뿐
사뿐 내려앉은 눈송이 구름처럼
커튼의 주름마다
햇살이 살며시 머무는 소리
아침이 둥글게 감기는 소리

깨지 못한 잠결로 새어들어
눈망울 검은 자리에 불씨를 놓듯
어두운 길을 따라 달리어 오네
하늘빛 새싹들의 고운 하품은
이웃한 창가를 도란도란 두드리고
다시 설레발 걸음으로
환하게 달려가네, 달리어 가네

검은 도화지 위에 줄넘기하듯
알록달록 누리를 수놓는
오, 눈부신 아폴론의 마차여
머-언 끝자락은 붉게 이글거리고
다시 푸르게 일렁이고
칸칸이 늘어선 울타리마다
기지개를 켜는 고운 손길이여

바람이 분다

나뭇가지의 속삭임을 들어봐요
자연의 기분을 느낄 수 있죠
촉촉한 그 숨결이 곧 하얗게 하늘로 기어올라요
빗발이 성큼성큼 내려오는 소리가
귓가에 메아리치면
지쳐서 풀썩 드러누울 때처럼
여기저기 풀썩 일어나는 고운 머리칼들
노랗게 코끝을 스쳐가요, 눈 감고
가만히 온몸으로 젖어들죠
끈끈하게 파고드는
나른함, 나는 그들과 손잡고 잠들 거예요
서리 같은 바람 다 지나가고
벚꽃이 흩날리는 새봄이 오기까지
나는 눈뜨지 않겠어요

숲으로 걷는 광대

숲에는 잊힌 길 하나 있네
푸른 머리가 무거운 이들, 흔들흔들
갈색 다리를 잃은 이들, 절뚝절뚝
아무도 찾지 않는 샛길로 걷네

그곳에서도 서로는 서로를 보지 못하고
젖은 그늘 아래 고개 숙인 채
가만히 뿌리내리네

바람이 그들의 머리칼을 하늘하늘 흔들면
새하얀 속삭임이 언뜻 비치고
빗물이 숲을 적시면
그들은 더 푸르게 노래하며 춤추네

오늘은 어제보다 더 푸르고
내일은 오늘보다 더 푸르리

서로가 서로의 가락에 젖어 하늘거릴 때
바람은 스치는 여운이라네
모두가 젖은 흙속에 맨발을 담그고
숲의 정령이 되어가네

찬란한 소리

소리는 소리를 부른다
소리는 날아다니며 잠든 소리를 깨운다
나약한 욕망에 붉은 손짓을 하는 듯
눈앞을 가로막는 소리는 혀끝으로 느껴야 한다
그리고 핏줄에 그것이 스치는 즉시
나는 중독이 되어간다

있는 듯 없는 소리들이 살아있는 소리에 취하고
삶의 줄기에 피어오른 새하얀 소리들은
나의 손끝에서 너무도 위태롭다

달콤한 진실은 내 녹슨 가슴에서 태양처럼 이글거리고
바라던 음악들이 내 입술로 폭포처럼 쏟아진다
있는 듯 없어지는 눈과 귀를 내 혓바닥에 녹인다
어두컴컴한 대지가 반짝이는 소리들에 시달리고 있다

긴긴 사랑이 입술로 다가오는 소리
설렘의 새싹이 눈물의 열매로 맺는 소리
눈물이 빗물로 빚어지는 소리

과학이 내일을 삼키는 소리
삶과 죽음이 회오리처럼 얽히는 소리
거짓향기가 생각의 줄기를 시들게 하는 소리

그 소리들은 빛보다 빠르게 진화한다
나는 눈 속에 파묻혀 흘러오는 물소리를 듣는다

전깃줄에 널린 빨래

한줄기 빛을 머리에 인다

그 가느다란 짜릿함에 하늘이 젖는다

내 발바닥까지 흥건하게 젖는다

푸른 눈과 입에서 흐르는 땀방울에

내 하얀 옷가지들이 젖는다

짙은 구름이 내 정수리에 벼락을 내리고

나는 내 머리를 시원하게 구멍 낸

한줄기 빛에 매달려 두 팔을 들었다

바람의 발길이 내 심장에 있다

내 깊은 곳으로 뛰어온다

나는 소용돌이치는 눈물샘을 얻었다

온몸이 뜨겁게 젖어 내릴 때

멀리 어둠이 무너지는 소리를 들었다

나는 샌구름을 헤치며 뛰어올랐다

샘솟는 눈시울이 활짝 웃었다

길고양이

눈이 내린 길을 따라, 눈길을 마주치는
태비 무늬 길고양이를 사랑했네
어쩌면 그 녀석의 무늬처럼 목에 칭칭 감긴
비루한 삶의 굴레까지 함께 아파했을
소녀의 눈길이 눈길을 녹이네
밤이 어둑어둑 걸어오듯
길고양이도 걸었네, 그 소녀와 마주친
눈물의 길을 따라
눈물 위에 주차한 네 바퀴의 기둥을 따라
녹슨 고드름처럼 멈추어 섰네

서른 살 냄새가 줄줄이 늘어선 소녀의
손바닥 시린 틈 사이사이로
눅눅해진 사료를 꾸역꾸역 곧잘 받아먹던 길고양이
꽁꽁 얼어붙은 눈물처럼 하얀 접시 위에
아가미를 잃어버린 생선 한 마리를
오늘은 씹어보지도 못하고 멀뚱, 멀뚱거리다
핥아내기만 하네, 다시 그것이
제 눈물처럼 얼어붙는 줄도 모르고

귀신을 보다

우물을 들여다보았다
겁에 질린 소년이 내 손을 붙들었다
나는 풍덩 그 속으로 젖어들었다

밤이 시퍼런 유리창을 깨고 찾아왔다
바람결에서 아기가 울었다
서럽게 흐느꼈다

검은 건반을 따라 낮은 음계를 따라
자갈거리는 돌무덤을 따라
슬금슬금 걸었다

나는 이불 속 검은 미로에 빠졌다
낡은 벽거울 속 내가 보였다
나는 한참을 헤매었다

베개재갈을 물고 비명을 질렀으나
내 귀에서 맴맴 울렁거렸다
아무도 없었다

긴 복도 끝에서 끝까지 한숨에 내달렸다
수수께끼 같은 문을 박차고 나갔다
그늘의 숲을 빠르게 벗어났다

아련한 물소리가 들린다
나는 우물 속 깊이 손을 뻗는다
어린 고양이의 눈에 손전등이 일렁인다

부시맨의 꼴값

아이들 날 보며 부시맨이라 불렀지
내 머리 위
빳빳한 창을 콕 짚고
장대높이뛰기 하는 것 보았나

지난밤 들판 이리저리 누비며
기린처럼 목이 어여쁜 콜라병 들고
부시 대통령인 양
웃음 짓는 것 보았나

그렇게 친구들
내게 꼴값도 못한다 하고
무서운 아버지
내게 꼴값한다 하시네

따뜻한 냉장고

그녀는 빨래에 손을 닦는다
세탁기처럼 손목이 몇 바퀴나 돌아간다
개구쟁이의 누런 장난들마다 주름진 계급장을 달아준다

그녀의 가슴에 커다란 냉장고
나는 매일 그 문을 연다
먹을 것이 없다며 나는 문을 쾅 닫는다

그녀는 밥솥에 손을 안친다
부글부글 껍데기가 벗겨져 나간다
철부지의 살결처럼 토실토실하게 익는다

그녀의 두 눈에 작은 텔레비전
나는 매일 리모컨을 누른다
아버지께서 내 방의 불길을 잡는다

그녀는 눈 감고
잠든 내 등줄기를 따라
아직도 꽁꽁 얼어붙은 손을 녹인다

집에 가는 길

집에 가면
엄마가 심부름을 시키는데
왜 내 발걸음은 가벼울까
집으로 가면
아빠가 공부하라고 잔소린데
왜 나는 콧노래를 부를까

집에 가면 엄마는 또
시래깃국을 내어올 텐데
왜 나는 엄마가 보고 싶을까
집으로 가면 아빠는 또
반찬 투정한다고 나무라는데
왜 나는 아빠가 든든할까

누룽지가 된 엄마 속도 모르고
연탄처럼 그을린 아빠 뒷모습도 모르고
마냥 즐겁게 집으로
집으로 향하던 나는
아직도 그때 그 길을 한걸음
한걸음 걷고 있네

어린 날

내게 처음
주먹을 날렸던 아이
그리고 가끔
어깨동무를 해준 벗

우리는 초록이 우거진 들에서
하늘빛 종이를 접고 별빛 글을 지었지
나의 외로움을 잊게 한
어린 날, 소꿉동무

비 오는 날이면 우산을 내던지고
함께 흠뻑 젖어들던
너의 얼굴
옛 사진처럼 빛바랜 이름
정든 그 손길

실오라기 같은 웃음으로 나를
놓아주지 않던 그 친구
노을처럼 눈망울이 그윽한 소년의 긴
긴 강물에서 나는
아직도 잔잔히 흐르네

그 시절

그 시절
아버지는 기가 막힌 이야기를
과메기나 메주처럼
구수하게 엮어
밤새 걸어놓고는 하셨다

그것들은 얄밉게도
내가 한참을 귀 막은 이야기
아버지는 그것도 모르고
쌀 한 가마의 전설을 내내 안치고는 하셨다
내가 알사탕을 몰래 녹이는지 모르고

그동안 어머니는 배추 한 단을 절여
포기마다 할머니의 고춧가루를 여기저기
새빨갛게 바르고 또 바르는데
그것은 또 얼마나 매운지
콧구멍 깊이 고드름이 매달린 양 시리다

나중에 내가 갓 난 강아지처럼
실금 눈을 뜨고
옆집 소 울음처럼 하품을 늘어놓으면
아버지와 어머니는
살며시 그들의 방을 떠난다

나를 저미다

늙은이가 고등어 한 마리를 저민다
무딘 주머니칼로 무지갯빛 비늘을 쓸어내린다
검푸른 등허리를 어루만진다
여윈 볼 언저리에 고랑 진 아가미를 다독거린다
아직도 파도 소리 짭짜름한 지느러미 날개를 쓰다듬는다
나는 늙은이의 손길에 거친 몸뚱이를 맡긴다
그 까칠함이 점점 작아지는 나를 저민다
이슬처럼 빛나라며 자꾸만
자꾸만 나를 저민다

김치가 익는 소리

그리도 회초리가 무섭던 때
어머니의 한숨 가득한 밥 한 숟갈이
왜 그리도 맛이 없었을까
그 하얀 속살마다 배인 눈물을
왜 삼키지 못했을까
무르익지 않아 새콤한 나의 말투는
언제 즈음 김이 모락모락
피어오를까, 나는
이제 실컷 자랐는데
왜 어른이 되지 못했을까
어머니 주름진 손으로 담그신
김치 한줄기만큼이라도 자랐을까

달빛

까마귀의 날갯짓마다 사라진 깃털 하나하나

샛노랗게 영근 귤 한 조각의 즙처럼

빈 항아리 가득 환하게 담기네

밤의 옷을 입은 채 낮을 등진 하얀 토끼처럼

여인의 감추어진 눈물방울처럼

희미해져 가는 길

그것들은 뒷모습을 보이지 않네

어머니의 품처럼 둥글게 자라 오르네

호수의 은빛비늘이 절망의 늪을 감싸듯이

살며시 번지네

긴 세월 속에 스며든 나그네의 숨결이

흐릿한 얼굴에 피는 물결무늬 달무리처럼

주렁주렁 미소 짓는 달맞이꽃처럼

살금살금 번지네

이글루의 얼음지붕마다

풋사랑이 익어가는 푸른 사과마다

여린 풀잎마다 시린 가지마다

그리움이 내린 작은 달 속 분화구들

천천히 자리 잡은 눈부처처럼

달빛에 잠긴 새소리처럼

하얗게 녹아내리네

하염없이 부서지지 않으면 내일로 이를 수 없는 정령들이 모여

이 밤을 노래하네, 곱게 두드리네

깨알 같은 숨소리들이 쌓아올린 쪽빛 피라미드

그 한가운데를 열어낸 항아의 창가에서

숲에서 – 푸른 새의 노래

다투던 두 마리의 새는 내 안에 있다
오를 때를 모르고 올라가는 새
내릴 때를 모르고 내려가는 새
모두 내 안에 있다

일곱 개의 불타는 언덕 너머로 흩날리던 이름처럼
유태인의 혓바닥에 저주로 남은 이름처럼
자유로운 군주의 이름처럼
검은 꿈결에서 오르가슴을 느끼던 새들이 내려앉는다
부정을 선물한 부엉이
욕망을 삼킨 대머리 수리
거짓 생명부를 읊던 갈까마귀 떼
모두 불안한 날갯짓으로 어둠의 늪에 주저앉는다
길들지 않는 사랑을 노래하던 찌르레기
순간의 즐거움을 지저귀던 직박구리
열매들을 훔치던 까치들도
모두 균형을 잃은 채 추락한다

죽거나 죽어가는 새들은 내 안으로 내려가고 있다

그리고 긴 시간의 어귀를 지나

잔잔한 강 하류에서 푸른 우정을 만난다

불면에 빠진 앵무새에게 평온을 속삭이는 두루미

그리움에 눈먼 뻐꾸기에게 옳은 길을 일깨우는 멧비둘기

새끼를 잃어버린 왜가리에게 희망을 알리는 종다리

벼랑에 몰린 꿩에게 비상을 가르치는 독수리

모두 어울리고 있다, 날아오르고 있다

신록의 손길마다 이슬이 내린 아침

깃털을 온몸에 두른

내 안의 새들이 날아오른다

예니세이강가로 향하는 독실한 신자의 영혼

싯다르타의 사리들은

하데스의 동굴을 유영하다

올림포스의 천둥소리에 노란 꽃잎을 피우고는

다시 푸른 새가 되어 날아오른다

더 높이 날아오를수록

무지개가 스며든 새들, 눈꽃을 닮은 새들이 보인다

허영을 좇지 않고 자유를 누리는 새들
울타리를 만들지 않아 외롭지 않은 새들이 보인다
실망을 모르는 새들, 포기하지 않는 새들
마음이 기울거나 어긋나지 않는 새들이 보인다
고민을 쌓지 않고 굴레를 벗어난 새들
티끌 하나에도 흔들리지 않는 새들이 보인다
모이 때문에 미움을 품지 않는 새들
부족을 벗 삼아 풍요를 깨달은 새들이 보인다
스스로 신이라 여기지 않고 신이 된 새들
진리를 말하지 않고 진실을 바라보는 새들이 보인다

그리고 푸른 새는 내 안에서 한 번 더 날아오른다

붉은 태양의 바다가 하늘하늘 물드는 곳
기쁨으로 영원한 오늘 속에서 내일을 잊어버리는 곳
어머니의 눈물과 아버지의 땀이 서린
대지의 안개 숲으로 새들은 유유히 날아든다

타인의 창가에 비처럼 내리다

비는 내려서 비가 아닌 것을 적신다

그러나 나는 빗물처럼 쉽게 스며들지 못한다

빗속에서 오히려 내가 젖고

나의 슬픔이 젖고

그렇게 젖은 날들은 기억의 문에서 서성인다

흔들리는 과거는 점점 낯설어지고

나는 기억하지 못한다

눈물 속에 버려진 웃음의 조각들

잿빛 하늘에 가려진 바람들

빗물 따라 흘러내린 지난날의 열정들

다시 그것들이 내 입술에서 붉게 피어나기를

내내 되뇌었다, 차갑게 젖는 동안에도

언젠가는 타인의 창가에 비친 내 모습이

빗물처럼 그들의 얼굴에 젖어들기를 소망하면서

머뭇거리던 내 그림자를

밤이 내린 도회지의 광장으로 데려간다

내리는 비가 한걸음씩 밤의 계단을 오르고
나는 한걸음씩 삶의 비탈길을 오르고
얼룩진 내 눈은 한줄기 햇살 위에 오른다

하늘과 땅 사이의 하나

깊은 혼돈의 모서리들이 닳아
넓은 하늘 구름으로 드리우고 비를 내리니
높은 곳은 땅을
낮은 곳은 바다를 이루네

바람이 몰려와
하늘과 땅이 어우러지니
새싹은 늘
푸르게 돋아나는 것이다

하늘빛은 줄기마다 무르익고
땅거미는 뿌리 깊이 젖어든다
하늘빛이 달아나면
땅거미가 몰려오듯

오늘의 꽃은
내일의 봉오리에 잦아들고
하늘과 땅 사이
이슬이 별빛 하나 머금고 있다

하루의 끝

하루의 끝을 생각하지 마라

이미 소란한 입과 입의 전율을 따라
오늘은 부서져 내렸다, 파도의 새하얀 영혼처럼
길 잃은 갈매기의 추종자가 되었다

역사 속에서 시간이 죽고
하루 안에서 영원이 무너질 때
거부할 수 없는 내일을 맞이하노라

하루의 끝에 선 마음은
칼의 춤사위처럼 서늘하면서도
느긋하게 나를 감싼다, 늘어지는 시간의 태엽처럼

옥덜이

선배 하면 정나미 없다며
행님 하고 불렀지
행님 아니면 누굴 찾느냐 해서
내 동생 하기로 했지
머리카락 깎겠다며 씩씩거리던 날
건강하란 내 말도 너는 삼키고
어느 바다에 목 매 힘겹게 숨 쉬는 거니
일찍 가면 일찍이 오는 곳을
한 번 가더니 오지를 않는구나

깊고 푸른 소리

오래 산다는 것은
이름이 길이 남는 것

성소부부고를 읊조리며
먼저 간 선비의 한을 되새기나니
세상은 한 번 살아도
남음이 있어야 하는구나

한 사흘 배움의 무게에 못 이겨
친구의 소식도 책갈피처럼 꽂아두고
홀로 밤 새워 옛 소리를 더듬는다

거제대교

거제대교에는 비가 내린다
바닷바람을 머금은 비가 내 앞에서
내 뒤에서 종일 내린다

정든 세상을 떠나와서
바쁜 세상에 돌아와서
거제대교에는 지금도 찬비가 내린다

두고 온 사랑이 푸른 안개 속에서 웃어도
지난 추억처럼 희미해질 사건이기에
만인의 슬픔이 흩뿌려져도
거제대교의 기둥은 흔들림이 없다

하늘인지 바다인지도 모를
짙은 암연 속에서
오늘도 흠뻑 젖어들 비는 내린다

자물쇠

나에게는 문이 있다, 좁은 통로, 습한 그늘이 있다
그 틈으로 사람들 몇 와서는 별빛의 눈부심을 자랑했다
그날부터 꿈을 꾸었다, 가끔 앓기도 하면서

꽃이 피면 비가 오고 눈이 오면 바람 부는
그런 날들이 지나갔다, 지나면서
내 문에 자물쇠가 달렸다

누가 잠근 것인지 도무지 열쇠를 찾을 수 없었고
굳게 닫혀버린 틈으로 나는 별빛의 노크 소리만 들었다

이 문을 박차고 나가 달리고 싶은데 소리치고 싶은데
자물쇠 하나 때문에 주저앉아 있었다
참 바보같이, 그럴 수밖에 없었던 것처럼

조각난 하늘

내 허덕임은 그때마다 하늘을 찾고 그 높이에 다다른 한
숨은 푸름에 겨워 목이 말랐다

한두 번은 구름을 부수려고 매운 눈을 감았다가 어디엔가
눈물을 엎질렀는데,

내 사랑의 별은 그때부터 밤에만 뜨고 무너진 새벽의 틈
으로 찬바람이 한 동안 새어들었다

조각난 하늘을 맞추려고 시린 눈을 부비다 보면 가끔은
햇살이 그립기도 했다

보름달

보름달은 망원경
닫힌 맘의 둥근 출구

어둑해진 영광 속
갇힘 없는 빛의 향연

내일로 되돌아가는
환한 빛의 기지개

이리내

산돌림 쓸어내린
언덕에 누워
여우별 속삭임을 주워 담으니

샘바리
눈망울망울
소용돌이치네

온 하늘에 떠 놓은
꿈결에 안겨
여울의 재잘거림 따라 읊으니

샛바람
개밥바라기
어깨동무하네

길섶에 쉬어가는
달빛에 기대어
누리에 옹기종기 이슬을 맺는

비나리
줄타기놀음
더디더딘 걸음새

꽃

겨우 꽃 한 송이 가슴에 피우거늘
제 허리 굵기만큼 웃음이 매달리지
주어진 제 향기만큼 날개소리 들리지

쏟아낸 눈물줄기 그만큼 뿌리내려
향수가 짙어가는 갈바람 한줄기 품고
곱다란 한 줌 흙속에 사랑을 낳지

볼일

배불리 먹은 탓에 한참을 비우네
얼룩진 데가 많아 잘 닦아 내야 하네
못난 이 하루를 위해 잠든 울음 비우네

소유

시들은 발자국처럼 울지 않을 것
잃을 것 하나 없으니 눈 뜨듯 감게 될 그날 말하리라
당신의 소유로부터 떠나본 적 없음을

인응

소리가 들려오니 미련이 남았구나
별빛을 가두지 마라 그림자를 밟지 마라
거울 속 너 아닌 것들 탓하지 마라

세상은 놀이터며 사랑할 것들이다
시간을 붙들지 마라 그대로를 즐기어라
지금껏 뜨거운 가슴 그 하나만 믿어라

제3부

신경질의 역사

인내의 나이 열두 살
마틸다의 세례명은 마르가리따
못 이룬 사랑의 길에서
침묵의 나이 마흔 살
레옹을 만나 신경질의 역사를 쓴다

1996년, 가슴을 풀어헤친 레옹이
설렘으로 우거진 VIP석에 마틸다를 초대하자
그녀의 길은 펑크 록으로 귀가 막힌다
그해 올림픽 공원의 바람은
레옹에게 열다섯 해의 인내를 선물한다

2005년, 마틸다가 자매결연으로
섹시 호텔방의 B석에 스팅을 초대하자
그는 그녀의 신경질을 하나씩
하나씩 벗기었고 그녀는 너무도 쉽게 그것을 허락한다
그러면서 바람의 숲을 떠난 레옹을 떠올린다

2011년, 마틸다는 귀가 뻥 뚫린 지하철을 탄다
바람이 새지 않는 방수 가방에 맥주 한 캔을 담는다
그리고 레옹이 디딘 인내의 길을 따라 숨 가쁘게 달린다
그를 보던 색안경, 제 신경질을 담아내던 사진기가
맥주의 깊은 바다 속에 잠기어가는 줄 모르고

빗속에서 잃어버린 어제를 찾아갑니다, 다가오는 내일을 맞으러 갑니다

장밋빛 소녀여, 사랑한다는 말을 백번도 나누기 전에 입술을 빗물에 묻는 연약한 사랑을 하지 않기를

장마가 끝날 때까지 잿빛 하늘 아래 스스로를 가두지 마세요

당신의 한걸음 한걸음이 빗속에서 춤추기를 원해요

알고 있어요, 당신의 해바라기 웃음이 검은 구름 너머의 햇살보다 다사롭다는 것을

우리의 어제는 눈물을 안겨주지만 당신의 내일은 그것을 먹고 자란 풀꽃이 될 테니까요

당신의 한걸음 한걸음은 울퉁불퉁한 길에서도 반듯이 걷길 원해요

알고 있어요, 당신의 가슴 없는 그림자가 근사한 누군가와 포개어지길 바란다는 것을

우리의 어제는 빗길을 따라왔지만 당신의 내일은 무지개 언덕을 거닐 거예요

빗속에서 걷는 오늘은 슬픈 선물이에요, 하지만 아직 포장을 뜯어서는 안돼요

　　이슬빛 사랑이여, 아직 내 마음 속에는 다이아몬드 같은 단단함이 없으니 조금만 더 기다려주세요, 소나기 용광로 안에서 흠뻑 젖어들 때까지

　　장마가 끝날 때까지 잿빛 하늘 아래 춤추는 내 영혼을 바라봐주세요

　　당신의 한걸음 한걸음이 모래알을 건드리는 파도의 손길처럼 설레기를 바라요

　　알고 있어요, 긴 시간 동안 하품 같은 일상이 우리의 눈빛을 지루하게 만든다는 것을

　　우리의 어제는 잊기로 해요 당신의 오늘은 내일을 원하고 있으니까요

　　당신의 한걸음 한걸음을 따라 걷는 당신의 투명한 우산이 되길 원해요, 나는

　　알고 있어요, 당신은 눈물 없는 왕자를 찾는 것이 아니었어요, 당신의 깊은 곳에 감추어둔 눈물감옥의 자물쇠를 열어줄 웃음 같은 한 사람이 필요했다는 것을

　　우리의 어제는 잃어버린 사진처럼 이 빗속에서 젖어가지만 당신의 내일은 맑게 갠 밤하늘 속 별빛처럼 아름다울 거예요

아픈 즐거움 - 누이에게

누이여, 지금 바깥은 내딛는 걸음마다 폭 폭 꺼지는 하얀 얼음밭이구나

이처럼 내 발목이 겨울의 거울 속에 잠기던 시절이 생각난다

나는 그때 내 나이만한 친구들을, 아니 누이처럼 아무것도 모르고 과녁이 된 이들을 겨누는 법을 배웠어, 그 무언가를 위해서

우리는 그물에 갇힌 멸치 떼처럼 몸부림치는 인간, 아니 짐승들이었지

내가 살기 위해서 모조리 죽이는 법을 배웠으니까

하지만 내 사랑하는 누이를 생각하며 나는 더 확실하게 그들을 죽이는 법을 배웠어

누구를? 그래, 내 누이가 아닌 다른 누군가와 어쩌면 그들의 누이들까지도

왜? 내가 모른다는, 내 누이를 겨눌지도 모른다는 이유로

그래도 즐겁잖아, 그들이 죽거나 내가 죽어도 내 누이가 살 수 있다면

누이여, 지금 바깥은 나처럼 독을 품고 다니는 두꺼비들이 많구나

이처럼 많은 눈들이 누이를 노려보며 쏟아지니, 나는 너를
내보내기가 두렵구나

나는 겨우 네 나이만한 처녀들이, 아니 어린 아이들까지

아무것도 모른다는 이유로 아무것도 모르는 사람들에게서
독을 빌어 마시고

너무 힘든 나머지 독이 아닌 모든 것까지 괴롭게 토해내야
하는 이 독한 세상에서 지독하게 죽어가는 법을 제발 배우지
않기를 바라

하지만 나는 아직도 내 사랑하는 누이를 위해 내가 대신 죽
어가는 법을 배우지

어떻게? 그래, 내 누이가 아닌 다른 누군가의 누이를 만나도

내가 품은 독을 절대 나누어 주지 않는 거야, 내 속이 하얗
게 폭 폭 꺼지지만

그래도 즐겁잖아, 누군가 내게 사랑을 속삭여도 시들지 않
을 내 누이가 느껴지니까

여와의 노래

나의 웃음 속에 너의 슬픔이 있다
나의 오늘 속에 너의 어제가 있다
너를 만나러 가면 내가 무너져 내리니
너는 언제나 나의 하늘이다

네가 맑거나 흐리거나 내가 타오르거나 젖어들거나
우리는 마주보며 하나가 되었나니
네가 점점 멀어져 간들
나는 어떠한 비바람에도 흔들리지 않노라

갈짚처럼 흩날리는 생각들
바위처럼 굳어버린 오색 마음들
모두 네 눈물에 씻기어
내 가슴 깊은 골짜기를 따라 먼 바다로 흐르네

눈꽃에 서린 너의 숨결이
시들은 풀잎을 감싸고
씨앗에 담긴 너의 빛살이
파릇한 새싹을 틔우네

여전히 너의 깨끗한 어둠은
저 구름 너머에서 반짝이나니
내 발길 거북이 걸음새로
너의 눈길 어디쯤 머무르기를

어리하는 메두사

나의 머리에는 뱀이 자란다

빳빳하거나 꼬불꼬불한 뱀이 한 움큼 자란다

나는 뻣뻣하게 거울 앞에 앉아 메두사 같은 내 눈을 노려
본다

엉금엉금 기어 다니다 튀는 놈들, 손아귀에 붙들려 머리가
싹둑싹둑 잘려나간다

꼬부라진 것들, 제대로 쳐냈는지 눈알을 이리저리 부라린다

바닥에 뒹구는 옛사랑의 파편들, 한 치의 미련조차 남기지
않는다

내 상처들, 끈끈하게 쓰다듬는 손길에 위인의 미소를 건넨
후 일어선다

목으로 말한다

나는 내 앞의 너를 볼 수 없다
이제 늘어진 목으로 너에게 이야기한다
너를 대할 때마다 돋아난
가시 같은 기억들 목으로 다 넘어갔다
그렇게 넘어가 내 온 몸 구석구석 고드름처럼 박혀있다
언제부터인가 너의 눈에 시리게 매달린
내 뒷모습처럼 그 뒤를 말없이 따르던 그림자처럼

나는 더 이상 너를 볼 수 없다
이제 늘어진 목으로 내 잘못을 말하노라
너를 처음 만나 건네던
풀꽃 같은 설렘들 목으로 다 넘어갔다
그렇게 넘어간 내 사랑 한잎 두잎 낙엽처럼 메말라있다
다시는 피지 않을, 눈물의 씨앗으로 남은
네 뒷모습처럼 그 뒤를 말없이 따르던 그림자처럼

초콜릿 향기

커피나무는 마음의 뿌리가 깊고 깊어
그 줄기가 내내 바람에 나부껴도
초콜릿 같은 고운 열매를 내게 안겨주네

그대의 뿌리가 바다를 헤엄치고
그대의 줄기가 하늘에 휘날리고
갈색향기가 내 입안에 녹아내리고

나는 이 부드러운 껍질 속에서
촉촉한 봄비를 느낀다
푸르게 돋는 새싹을 느낀다

그대가 좋아하는 오페라 가수가
무대에서 흘리던 눈물방울이
오늘의 내 얼굴을 달콤하게 적신다

봄나들이

고운 풀밭마다 송이송이
노란 향기들이 지저귀는
봄날 나들이를 가겠어요

꽃바구니 하-얀 가득
추억이 도란도란 속삭이는
봄날 도시락을 담겠어요

갈대모자 머리에 이고
초록빛살 가슴에 품고
봄날 자전거를 타겠어요

우리 흔들리던 마음들도
푸른 하늘처럼 뭉게뭉게
봄날 물들기를 바랄게요

여자의 마음

풀잎은 나를 향해 흔들리지요
구름은 나를 따라 흘러오지요

나는 제자리에서 조금만 더 기울어질래요
나는 비 오는 날 조금만 더 젖어들래요

가끔은 푸르게 찡그리며 울어도
가끔은 발갛게 토라지며 웃어도

바람처럼 그대가 다가서니까
햇살처럼 그대가 안아주니까

내가 수줍은 척 기울어지면
그대는 못이긴 척 젖어들어요

밤빛

들어보니
한 마리의 새가 내 귓가에 앉아 있었어
바라보니
눈 속에 달빛이 떠오르고 있었어
만나보니
끝없는 설렘이 자랐어

나는 너로 인해 다시 태어났어
세상이 거꾸로 뒤집힌 채 내게 다가왔지

너의 손끝에서 내 심장이 뛰고 있었어
너의 눈길이 닿는 곳마다 내 그림자가 춤추었지

별빛이 반짝여
고동치는 가슴처럼
별빛이 반짝여
천사의 속삭임처럼

예쁜 사랑 하세요

예쁜 사랑 하세요
그대가 사랑하는 벚꽃이 영원히 나리는
계절의 한가운데 서서
우거진 나무들의 푸른 노래를 들으면서
예쁜 사랑 하세요
꽃피면 꽃잎 지는 계절이면
기약 없는 한줄기 바람처럼
오신 길 따라 자꾸만 가신다는 그대여
예쁜 사랑 하세요
내게 끝임 없이 흐르는 눈물 선물하고
세월 속으로 문득 떠나버린 그대여
흙이 된 내 맘처럼 고운 그대여
예쁜 사랑만 하세요

한 사랑을 위한 기도

내가 한 사람을 사랑하는 일은

그 사람의 바다에서 흠뻑 젖는 것이다

내가 한 사람의 손을 붙잡는 일은

그 사람 손바닥의 지문처럼 살겠다는 것이다

내가 한 사람의 그림자에 머무른 일은

그 사람의 깊은 그늘을 지키겠는 것이다

내가 한 사람을 따라 걷는 일은

그 사람의 길에 늘 함께 한다는 것이다

내가 그 사람을 알았을 때 그 사람은 이미 나를 알았고

나는 그 사람이 되지 못한 것에 슬퍼하였으며

그 사람은 나의 모든 것을 안아주었다

나는 이제 그 사람이라는 별을 하늘 가득 그리고

여울 흐르듯 다가오는 발자국 소리에

두근두근 귀 기울일 것이다

내 작은 입으로 그대의 웃음을 사지 않겠어요
내 거침없는 판단으로 세상을 노래하지 않겠어요
나는 얼마나 거만한 눈을 가졌을까요
나는 당신의 생각을 앞질러 걸어가서 이렇게 말하죠
나는 그냥 그랬을 뿐이라고
내 무책임한 발길에 스러진 그대의 여린 꽃잎이
어느 날 비좁은 내 마음 가득 쌓여있었죠

나를 불러주던 입술이 병든 귀에 매달릴 때
홀로 밤을 지키던 고달픈 영혼은
핏빛 가슴 속에서 눈물을 지어 내었어요

나를 내려놓겠어요, 그대의 눈과
그 속에서 피어나는 벚꽃의 소나기들이
나를 그리움으로 물들일 때
나는 젖어들겠어요, 그대의 손이
내 안의 차가움을 어루만질 때까지
나는 가슴을 창 밖에 드러내고
따듯한 빗줄기를 기다릴게요

밤의 노래

밤이 우리 사이로 걸어왔어요
나는 실낱같은 별빛을 그대라 생각하며
쏟아지는 그리움에 젖어버렸죠

아무리 달려가도
내 마음은 그 어디쯤에 지쳐
그대를 목 놓아 부르죠

사랑은 나를 타이르지만
밤이 내 눈을 멀게 하네요
사랑이 나를 미소 짓게 하지만
밤이 빈 방에 나를 가두네요

꺼질 듯 흔들리는 촛불을 켜 두고
나는 아침을 기다립니다
달빛이 나를 하얗게 잊어버릴 때까지

아주 먼 곳에서 보내는 편지

나는 지금 무엇인가에 홀리었죠
여기는 당신과 아주 먼 곳
언어란 고상한 몸짓으로 세상의 베일을 벗기는 중
그동안 서로에게서 바라본 것은 어쩌면 눈속임이 아니었나요
당신이 나의 이 몰골을 어떻게 바라볼까요
나는 종교에 등을 돌린 방랑자죠
그러나 성녀의 얼굴을 한 당신의 머리 뒤에 내가 후광을 만
들겠어요
나는 당신에게 사랑을 속삭이며 비단 같은 머리칼을 불태우
겠어요, 나의 재능과 광기까지 그 속에서 함께!

어쩌면 내가 보는 이 세상도 나를 바라보는 이 세상도
욕설과 동정으로 거짓사랑을 소통하고 있을 거예요
그래서 혼자 이 길을 걷는 것은 어렵지 않죠, 다른 사람을 피
해가는 길은

훗날 내가 죽고 그들의 기억 속에서 또 한 번 더 죽더라도
나는 나의 사랑무늬 속에서 살 거예요
나는 지금 당신에게 이런 세상을 살겠노라 말하는 거죠
하지만 그대와 나는 아주 멀리 떨어져 있네요
나의 얼룩진 마음 하나가 또 한편의 선명한 무늬를 남기죠

빗장 지르기

네 마음을 놓고 간
파도의 끝자락에 눈물을 심었다
내 순정의 미끈한 돌멩이가
소멸하는 심정의 한 순간을 겨누었다

저 갈매기가 물고기자리를 잊어버리듯
손가락은 방향을 잃고
석양의 한편에 돌팔매를 놓았다

숨어든 나락에 돌아올 마음은 없다
가던 마음도 보낸 마음도 없다
바보처럼 울던 마음도 없다

어차피 참사랑에겐
빗장을 지르는 것

훗날 내 사랑의 물오른 추억들이
너의 눈시울에서
소금 같은 이슬로 맺히도록

내가 나를 버린 날 1

그렇게 사랑했던 햇살이 그림자를 만들었다

내 삶에도 깊은 그늘이 졌다

희망이 내 손에 꽃다발을 쥐어주고

그 향기를 떨치는 법을 가르쳐 주었다

바다가 나를 부를 때 파도는 채찍처럼 나를 떠밀었다

거센 바람이 구름을 헤치며 푸르게 살라 한다

아련한 별빛이 밤의 머리칼을 쓸어 넘기며 빛나게 살라 한다

삶의 달콤한 줄기에 매달린 쓰디 쓴 열매가

새하얀 눈 속에서 얼어붙었다

골목의 지친 한숨이 대문을 닫는다

텃새는 지붕에 날아들어 조금씩

나는 법을 잊어버리고 있다, 내 심장은 조금씩

고개를 들어 분주함을 잊어버리고 있다

내가 나를 버린 날 2

내가 나를 버린 날 달무리를 보았다 사랑하라고 더 사랑하라고 빛이 손을 내밀었다 눈물의 꽃은 맑게 시들고 긴 밤이 목청에서 소리 없이 부서졌다 걸음은 빛의 고리에 갇힌다 나의 제자리걸음은 오늘을 지루하게 이어나가고 무채색 울타리에서 별들은 바람의 소식을 기다린다 보이지 않는 것들과의 이별이 비로소 시작되었다 선명한 흙의 향기를 따라 투명한 삶의 조각이 쌓여가고 밤하늘은 점점 내려앉는다 흐르는 물에 얼굴을 기대고 지친 나를 물의 표면에 가두고 추억의 파동을 일으킨다 추억이 흔들린다 추억처럼 세상이 흔들린다 모든 소리들이 밀려온다 밀려와서 나를 물가에 떠민다 나는 거울처럼 빛나다 어지러운 무늬로 찢기어져 흔들리는 추억 속에 천천히 가라앉는다

사랑 1

네가 다가왔다
내 마음 깊숙이 꽂혀있는
분홍책갈피처럼

향기도 곱고
소리도 없는

포근한 계단을 걸어올라
나의 꿈결에서 너는 숨 쉰다

보슬비에 잠 깬
봄날의 아침
창가를 두드리는 맑은 빛깔

그 보일 듯 말 듯
투명한 네 마음들

사랑 2

사랑할 줄은 알고 버릴 줄을 몰랐습니다
사랑만 하다가 세월은 보내어도
보낸 사람을 구태여 잡아 두진 않습니다

하루에 한 가지씩 떠나고 나면
당신을 만날 길 없는 내 인생에 외로운 그림자만 곁에 남아도
울지를 말고 사랑하는 법을 배우겠습니다

웃는 모습이 보기 좋다 하였습니다
여린 가슴이 슬퍼 보인다 하였습니다

보고 싶어도 볼 수 없는 것이 사랑이라 하였습니다
아니 지울 수 없어 보고 싶은 것이 사랑이라 하였습니다

그 사랑을 내 마음에 두고 가신 당신이
내게 사랑을 하지 말라 하시옵니까?
내가 사랑할 수 없는 먼 곳으로 정녕 가시옵니까?

멀어져 간다

네가 떠나간 거리를 헤아리지 말자
내가 뒤돌아 걷던 시간을 생각하자

내가 진실한 마음으로 머무른다면
그리움이 비처럼 쏟아지겠지

멀어져 간다 너의 그림자는 자꾸만
멀어져 가고 나의 의심도 멀어져 간다

네가 멀어져 간 데는
다시는 내가 돌아보지 않던 곳

진실로 그 속에 내 울음을 놓았다면
너의 눈물이 내 얼굴에 흐르겠지

멀어져 간다 내 후회의 발길은 자꾸만
멀어져 가고 너는 어느새 내 뒤로 걸어온다

너의 구두

너는 내 깊은 가슴숲으로 떠났다
추억의 자갈밭에서 너의 굽은 닳아가고
그 살점들 다 떨어져 나간 후 너는
다시는 내 눈을 향하지 않으리라 여겼으나
햇살이 긴 고개를 내밀어 인사하면
새 구두가 발자국을 남기지 않고 걸어온다
아직도 나의 가슴속을 너는 걸어가고
또 다른 구두들이 두 눈 가득 걸어온다

은빛 우지개

하얀 변기에 은빛 무지개가 서린다
영원을 삼킨 배설의 공간에서
나는 고양이처럼 울었다

사랑은 밤새도록 나를 탓하고
나는 사랑의 덧없는 꾸짖음을 탓했다
결국 우리는 거울처럼 박살났다

이제 나를 비추일 곳이 없어
그토록 엷은 무지개에 기대어 지난날을 쏟아낸다
한 번의 누름으로 회오리치는 물살처럼

풀꽃

보고픈 마음
아롱다롱 자라 올라

들판에 푸릇푸릇
물들어갈 때

그리움에 지쳐 쓰러져
가끔은 바람 따라 흔들리지만

당신을 향해 일어서는
질긴 마음 알리오

이슬 먹고 자란 사랑
햇살 이고 피는 꽃잎

고운 당신의 눈망울
한가득 고이리라

가는 수풀처럼

가는 수풀처럼
살다 가리
내 흔들리는 가지마다
여린 잎새마다
나부끼는 바람처럼
살다 가리

살다가 비에 젖으면
슬피 젖는 대로
서글피 살다가 가리

가슴에 영그는
붉은 열매를 세상의 품에
안겨 주고는
나는 외로이 살다 가리

재즈의 어깨에 손을 얹다

있잖아
그건 아무 것도 의미하지 않아

갈매기가 날았지
파도가 깃털처럼 부서졌지
하얀 눈물이 햇살처럼 눈부실 때
노래를 했네, 홀로 남은 나를 위하여
나를 잊은 친구와
나를 버린 그녀를 위하여

괜찮아
그런 것쯤 이겨내야 하잖아

긴 하루를 버티기 위해
세상과 짧은 사랑을 한 거야
모든 정답은 스스로 찾아야 해
지금껏 닫힌 문을 힘껏 두드려야지

연기처럼 사라지는 사진 조각들
찢겨버린 나의 자존심들
재즈의 박자처럼 심장에 엉기어
삶의 순간들을 조여 오지만

알잖아
뜨겁게 숨 쉬는 동안
그 모든 것들이 나의 것이었다는 걸

발걸음

이어질 수 없는
길을 따라
이어질 수 없는
연을 따라

발걸음은 여기까지
나를 데려왔지만

빛처럼 끊이지 않는
꿈이 내게 있다면
비처럼 젖어들 수 있는
정이 내게 있다면

발걸음은 쉬지 않고
내일을 향할 텐데.

헐거운 신발

당신은 내게 와서 발가락을 사랑하라고 했다
나는 한동안 당신을 감싸 안은 채 어두운 기억만을 품고
살았다

나는 안다, 당신의 땀 냄새와 때때로 발가락까지 타고 흐르
는 눈물 같은 것들을
그리고 당신이 원했던 날개 달린 발의 의미를 안다
내게 구속된 발이 아니라 나조차 벗어던진 발이었음을

이제 내 속은 너무도 헐겁다
당신의 커다란 발에 길들여진 부끄러운 허상들로 가득하다

지독해진 울음

지독하다

아스팔트 위에 버려진

한밤의 구토

그 오물처럼 보기 싫어진

너나 나나

그렇게 버려진 채로

돌아서서 걷는 인생길에

술맛을 알아버린

내 목청이 쓰리다

손가락

바닥을 짚기도 하고
세상을 흉내 내어 그려도 보고
사람을 치고서는 머리를 쥐어뜯다가
눈물을 훔치기도 하고
매서운 들판에서 총을 쥐어도 보고
바닷물의 출렁이는 감촉을 느껴도 보고
지폐로 손끝을 더럽혔다가
연인의 머릿결을 쓰다듬어도 보고
누군가를 손가락질하고
수 없이 연필을 부러뜨리다가
보던 책을 집어던지기도 하고
썩은 뉴스가 싫어 채널을 돌리기도 하고
키보드 자판을 두드리다 멍들어
가슴을 치기도 하고
외로운 내 심장을 쥐어뜯고는
죽어버리기 위해 칼을 들기도 하고
다짐하고 또 후회하고 또 달래기도 하고

시답잖은 유혹 몇 개

말은 안 해도
눈물처럼 지독한 일
남자는 못된
짐승보다 못한 것이라고
꺼져버리라는 듯
담배연기처럼 털어낸다

그처럼 돌무더기에서
사랑을 나누고
우리의 아름다운 내일을 애기하자니
머리카락 한두 가닥은
생각 없이 새어버릴 것 같다

꽃이 데려온 사람과
증오가 보여준 여자 사이에는
검붉은 보석처럼
시답잖은 유혹이 몇 개 미소 짓고
그래서 남자는
밤마다 야수의 탈이라도 쓰고
양의 족속인양 거짓말을 해대야 한다

백지 같은 사랑

애증으로 목말라 버린
십 원짜리의 동정은 슬프구나
언제는 가녀린 목덜미에 취하고
투명한 향수 가루에 미소를 던지더니
아마도 텅 빈 오늘이
내일이면 당신에게 이별을 고할 것
그래서 더러는 가슴에
못난 칼부림이라도 날 것만 같다

짝을 찾는 가슴은 멀리 있고
낯선 그림자만 다가와
사랑이라며 외쳐 부를 때
나는 늘그막에 지쳐 앉아
생의 향기만 지독하게 그리웠다

기다림의 역사 앞에서
재잘대던 빗소리는 다만
부끄러운 이야기일 뿐
때로는 그 알 수 없는 것들에게

기계처럼 키스를 퍼부었던
내 남은 욕망들만이
하얀 종잇장 위에서 힘없이 뒹굴었다

끝을 아는 시작은 없다
시작의 설렘도 끝을 몰라서 행복한 것

작은 불을 쬐던 마음이
더 없이 뜨거워질 때까지
한 없이 차가워질 때까지
시작에서 끝까지 걸어보는 것
딱 한 번만 걸어보는 것

그것이 내가 아는 인생이다
혼자 걷다가 외로울 때에는
함께 걸어주는 사람이 있어
가끔은 웃을 수 있는 인생이다

예쁜 꽃은 오래 가질 수 없듯
그렇게 모두 시들어버리듯
눈물도 금세 증발하고 마는 것

끝도, 알 수 없는 시작인 것을

끝이라고 주저앉아 있었으나

시작인지 몰라 힘들었을 뿐

하늘의 꿈

내가 품었던
꿈들을 이야기해줄래?

사람들이 모두 웃고 있다는 이야기
개울에 맑은 물이 흐른다는 이야기
무지개 다리가 놓여 있다는 이야기

내가 꿈꾸었던
그곳으로 데려가줄래?

푸른 물결이 일렁이는 곳에서 한걸음
하얀 눈밭이 시작되는 곳에서 한걸음
노란 별빛이 돋아나는 곳에서 한걸음

내가 떠나기 전
버려야 할 것을 알려줄래?

이별을 맞게 될 인연에 대해서
욕망으로 병들게 된 육신에 대해서
아직도 지울 수 없는 내 기억에 대해서

하늘 가지에서 피어난 이야기

너의 푸른 거울 속에 비친

나의 꿈은 눈부시다

우리의 세상에는 초록잎이 움트고

이제 꽃봉오리 한가득

머금은 인생의 향기 참말 짙다

너의 맑은 눈망울 속에 맺힌

나의 얼굴은 미소한다

함께 디딘 길거리에 낙엽이 질

그 무렵의 세상에는 무지개가 뜬다

우리가 수놓은 고운 무늬의 추억이 핀다

언 바다

바다의 숨소리는
비너스의 한숨을 들이쉰 내 허파에도 있다
피뿔고둥 같은 내 심장에도 있다
소금기 가득한 내 손바닥에도 있다
너는 언제나 오랜 부름처럼 철썩이고
나는 늘 멀리서 그리웠노라

엎지른 눈물

가을의 질긴 한숨을 모두 받아내는 땅의 이마도 참 아프겠다
그 모든 상처를 쓸어 담던 바람의 옷자락도 붉은 슬픔에 젖어
하늘가에 매달렸다
엎지른 눈물의 조각들이 밤하늘의 소금처럼 하얗게 부서질
때 홀로 걷는 시간도 인생의 비단길에 놓여있다
내 심장의 가난한 연주를 듣던 사람들이 내게 사랑이란 이름
표를 달아주었기에 소년의 넋은 죽지 않는다
아무도 모른다, 뭉개진 도시의 혈관에서 춤추던 삶을
아무도 달래지 않는다, 쉼 없이 부서지던 시인의 가슴을
깊이 무너져 내린 밤하늘도 햇살 같은 웃음 속에 파묻혀 간다
사소한 일이 되어 새벽기차에 실리어 간다
- 별을 낚는 소년이여!
한 숟갈의 달콤함이 내 이름을 슬프게 부른다
목이 쉰 나도 미친 듯이 미친 듯이 그를 부른다

가을의 서정

가을 타는 강가에서
머리칼이 흩어진 갈대들이
유령처럼 소리 내며 쓰러져 갈 때
맛도 없는 물수제비를
홀로 떠보는 일이란 또 얼마나
싱거운 일이더냐

들국화 노란 향내를
고운 손바닥에 담아두었다가
그것이 다 도망가는 날은
흐르는 물살처럼 목 놓아 울어버리지

늙은 나무 등걸에
낙엽바람 쌀쌀히 스치고
서릿발 발끝을 간질이는 동안
더 이상 내릴 것 없는
시의 천국에는
계절의 흙먼지가 엷게 일어난다

치자나무

나는 내방으로 치자나무를 들였다
어지러운 인연의 줄기처럼
조그만 방의 허공을 더듬으며 하얗게 꽃피는
만남의 봉오리들이 향긋하다
버려진 흙 어디쯤에
이 아름다움이 숨어 있었을까
나도 내방에 가지런히 몸을 눕힌다
등짝의 뼈마디마다 발갛게 뿌리가 내린다
창백한 내 얼굴이 은은하게 미소한다

성적표

나 당신에게 고백하였네
- 당신의 얼굴이 내 성적표가 되었으면 좋겠어요
그러자 당신이 내게 말했지
- 빵점 맞으면 잔뜩 찌푸릴 거예요

남은 것은 없다

없다는 것
그것이 남은 것이다
기대했다는 것
나이 들어 많은 것을 추억한다는 것
그것이 남은 것이다
울게 될 것을 알면서 사랑했던 것
떠나보낸 빈자리에서 다시 울게 되는 것
그것이 내게 남은 것이다

그 소중한 순간들을 다시 그려볼 수 있다는 것
이 얼마나 아름다운 선물인가?

제를 올리다

너는 영원히 살아서 그와 다시는 만나지 않을 것처럼 슬피 우는구나

제가 끝나면 가벼워진 영혼이 천국으로 간다고 믿으면서도 너의 울음은 결코 이승으로부터 그를 놓아주지 않네

그래, 아직도 세상이 너를 울게 한다면 네 눈물의 진실이 종교라는 믿음보다 강하다는 증거이다

검은 옷과 은은한 향이 모든 것을 위로할 수 없겠지

우리는 태어나자마자 자신을 위해 먼저 울었으니 남은 삶 동안 타인을 위해 우는 것이다

추억이 무너져 내린 다리에 주저앉아 그저 서럽게 목 놓아 우는 것이다

너의 마음으로 드리웠던 그들의 문이 하나씩 하나씩 닫히어 가는 것이 마치 네가 열어놓은 문을 닫으러 한걸음 한걸음 다가서는 기분이겠지

어느 날 네가 눈을 떠도 이 세상 모든 것을 볼 수 없을 때 그리고 산 자의 울음이 너에게 덧없이 매달려올 때 너 역시 빛바랜 슬픔의 문을 닫고서 한없이 가벼워질 것이다

마지막 동행

우두둑 길이 비탈진 내 가슴으로 무너지더라 내가 너무 바빴소 나는 삽 한 자루의 일생을 무의미한 노동으로 일삼았지 시간이 없소 뛰어간다 해도 여기에서 얼마나 더 벗어날까 나는 당신을 만날 길 없으니 내가 들어낸 흙더미에서 더 이상 깨끗한 옷을 더럽히지 말게

우수수 바람이 하늘로 흙길을 내어주더라 내가 너무 나빴소 나는 땀 한 방울의 의미를 헤아리지 못했지 시간이 없소 내가 나를 안다 해도 당신까지 이해할 수 있을까 나는 당신을 위로할 길 없으니 이제 내가 떠난 길에서 주저 없이 돌아서시오

우르르 구름이 우리의 눈물을 머금고 쏟아지더라 내가 너무 가빴소 나는 내 눈물샘조차 홀로 다스릴 수 없었지 시간이 없소 내가 다가선다 해도 머나먼 당신이 나를 볼 수 있을까 나는 우리가 늘 함께 걷는다 생각하오만 내 삶의 마지막을 함께 한 사람은 분명 당신이었네

아무도 모르는 노래 – 미친 것들에 마침표를 찍다

내 입이 내 눈을 쪼아대는 것을 알지 못했다
내 눈물이 내 심장으로 타들어가는 것을 알지 못했다
나는 아무것도 모르면서 미친 듯 보이는 것들을 노래하였다

나는 그토록 미친 것들의
쉼표를 솎아 내어
거추장스런 꼬리를 싹둑
싹둑 잘라냈다

나는 이제 커다란 마침표를 찍을 수 있다.

발문

마음을 읽어주는 글

불가능, 그것은 내 창의력의 한계에 지나지 않는다. 세상엔 상상으로 그치는 일이 대부분이지만 그러한 상상이 지금의 모든 것을 가능하게 해주었다.

내가 사랑하는 것은 눈물이다. 눈물 흘릴 수 있는 시간이다. 모든 것이 멈추기 전의 설렘이다. 이게 내가 살아있다는 이유이다. 더 이상의 진실은 없다.

간혹 도움의 손길조차 비난의 잣대로 삼는 사람, 아이러니를 있는 그대로 받아들이는 사람들이 있다. 그러나 그러한 눈길이 두려워 도움의 길을 걷지 않거나 진실을 이야기하지 않는 것은 더 비겁한 일이다.

힘차게 사는 사람이 힘이 빠지고 나면 차게 사는 사람이 된다.

용기도 확신과 결단 아래 생겨나는 것, 안개 속에 서 있다면 주변을 잘 살펴야 한다.

아름다운 생각이 아름다운 오늘을 만든다.

칭찬은 하나씩 나를 채우지만 자랑은 한꺼번에 나를 비운다.

감동했다는 것은 더 큰 꿈을 품고 더 많은 것을 해낼 수 있는 자신감을 얻었다는 뜻이기도 하다.

나쁜 꿈을 꾸면 깨어나게 되며 건강한 꿈을 꾸면 태어나게 된다.

아직 난 아무것도 시작하지 않았어, 그동안 많은 걸 배워 왔던 거야. 이제 꿈꾸던 달리기를 시작하려는 걸, 숨이 턱까지 차오를 때 그때가 가장 보람 있는 거야, 힘들면 쉬었다 가도 돼, 아프면 울었다 가도 돼, 나는 결국 그곳에 이를 테니까

저마다의 위치에 가장 향기롭게 핀 꽃밭, 저마다의 꿈들이 잘 여물어 알록달록한 과수원, 그것이 가장 아름다운 사회이다.

돈은 가장 가난한 사람들이 물려주는 것이다.

꽃이 피어날 때가 가장 아프다, 그리고 그때 가장 치열하다. 힘이 들거든 함께 하라, 그리고 손을 맞잡은 채 더 뜨겁게 타올라라.

아무리 훌륭한 악기라도 서로 부딪치고 부딪히며 신음할 때 가장 아름다운 소리가 나는 법, 그 시름의 소리를 내기 위한 손길조차 영혼조차 치열하게 미치지 아니하면 안 된다.

예술은 신을 노래하는 것이 아니다. 그것은 나약한 인간을 노래한다. 그래서 아름다운 것이다.

예술은 우리의 삶을 아름답게 바라볼 수 있게 해주는 좋은 도구이자 양식이며 선물이다.

때때로 우리는 말하지 않고도 더 많은 것들을 전달한다. 이처럼 말을 아끼는 자연의 몽타주에서 우리는 예술의 함축미를 느낀다.

기차는 거친 자갈밭에서 더 잘 달린다.

내가 이 거리를 너와의 사이에 남겨 놓은 것은 여기서 너를 가장 아름답게 바라볼 수 있기 때문이다.

언어는 사유의 티끌에 불과하다. 그러나 그 속에 그대의 깊이가 있고 진실이 있다.

나의 삶에 소중하지 않은 순간은 없었다, 그것들을 하찮게 여긴 나의 어리석음만 있었을 뿐이다.

기나긴 세월이 흘러 우리의 그리움이 수많은 시가 되고 음악이 되고 그림이 되었을 때, 그것은 서로에게 가장 큰 선물일 것이다. 영원 속의 순간들이 아름다움의 절정에 이를 것이다. 그 사랑의 깊이에 세상 모든 이가 함께 눈물 흘릴 것이다.

만남의 이유를 찾는 것은 이별의 까닭을 만드는 것이다. 나는 너에게 이유 없는 사랑으로 다가서서 이유 없는 의미로 남고 싶다.

추측이 진실을, 소수가 다수를 심판할 수는 없다.

내가 자연을 사랑하는 이유는 내가 마음을 열면 모든 것을 주기 때문이다. 내가 당신을 노래하는 이유는 내가 마음을 열어도 모든 사랑을 숨기기 때문이다.

내가 무엇을 하든, 무슨 생각을 하든, 어떤 곳에서 숨 쉬든 내가 걷는 이 길은 한곳에 이르리라는 것, 그리고 그곳에 영원히 머무르리란 걸 알아주길 바라.

눈물이 많은 건 부끄러운 일 아니겠죠, 사랑에 빠지는 일도 부끄러운 일 아니겠죠, 하지만 내 마음을 속이는 건 정말 부끄러운 일 같아요. 미안한 일 같아요, 나를 지켜보는 두 얼굴의 그녀에게.

친하다 편하다 말하는 이 앞에서 말을 더 아껴야 하는 법, 그들은 내 뒤에서 내 이야기를 가장 많이 하는 사람들이니까

신은 결코 진실을 말하지 않는다, 내가 진실이라고 느낄 뿐이다.

그대 안의 열정이 빛나는 출구를 찾는 것은 오로지 지금 쏟아내는 길밖에 없다. 할 수 없을 것이라는 생각이 자물쇠였을 뿐 그대의 손끝이 다시금 그 열쇠가 되게 하라.

사람의 마음처럼 아름다운 예술은 없다.

예술가의 영혼을 아름답게 만드는 사건은 가난, 모욕, 실연이다. 예술가를 이해하려면 그가 미친 것들에 덩달아 미치는 길밖에 없다. 그들이 남긴 것은 지독하게 신명나고 처절하게 아름다운 절규이기 때문이다.

까칠한 할아버지의 수염처럼 푸른 잔디가 제 얼굴에 맞닿았어요, 평생을 일구어 낸 텃밭에는 이제 아버지 한숨들이 자라나네요, 하루하루 기억을 삼키어가는 할머니에게도 마지막 포옹은 하셨겠죠, 당신의 진실은 늘 제 눈가에 맺혀 있으니 언젠가는 닦아 주시겠죠

새하얀 구더기들은 눈부신 햇살 아래 비틀거리며 산다. 그들은 구더기라서 더 서럽게 꿈틀거린다. 그것을 멈추는 순간 호흡도 멈추기 때문이다.

누군가 내 생각을 한다면 이 거울에 비치면 좋겠다. 그 사람이 짓는 표정마다 따라서 지어보고 싶다. 그때마다 그 사람의 거울에도 내 마음 한줄기 은은하게 비치면 좋겠다.

당신의 삶이 내가 노래할, 가장 아름다운 예술이길 바랐지만 당신의 눈물까지 노래할 수는 없어요, 내 모든 것들도 절망의 늪에 무너져 내리니까. 늘 그랬던 것처럼 내 가슴이 뛰게 해줘요, 내 마음 한가득 유유히 흘러오는 당신의 강물을 느낄 수 있도록.

우리가 생각하기에 아, 저 사람은 정말 멋진 연인이 있겠구나, 생각이 드는 사람이 더 혼자인 경우가 많다, 왜냐면 모두가 그런 생각을 해버리기 때문이다.

나의 기다림에 끝이라는 이름표는 달지 않을게요. 당신은 내 눈망울에 걸린 햇살이니까 당신은 내 마음에 얼어붙은 눈물이니까 당신의 가장 마지막 입김이 내 눈시울을 감싸는 그날만을 기다리겠어요.

술은 나를 취하게 만들지만 차는 그대에게 취하게 만드네, 술을 마시다 보면 추위에 나를 내팽개치기도 하나 차는 마실수록 그런 추위로부터 나를 감싸 안는 맛이 있구나, 오늘은 이토록 좋은 차를 그대와 한 잔 나누고 싶다.

너에게 그리움을 묻는 것은 나의 어리석은 욕심이다. 너의 그리움이 되는 것은 나의 이기심이 승리한 것이다. 나는 너의 앞에서 아무 것으로도 이길 수 없다. 대신 내가 더 아파하고 더 그리워할, 너의 밤을 가지고 싶다.

아픔을 나눌 길 없는 사람이 정말 아픈 사람이다. 슬픔을 나눌 길 없는 사람이 더 아픈 사람이다. 사랑을 하지 못한 사람이 가장 슬픈 사람이다. 이것들을 홀로 견디는 사람, 사랑을 받을 줄만 아는 그 사람들은 이미 죽은 사람이다.

누구나 각자의 방에 꺼지기 쉬운 촛불을 간직하고 있다. 그것이 다 타버리기 전에 더 밝게 빛나도록 하고픈 마음, 그런 빛들에 스스로를 비추이길 바라는 마음들 누구나가 다 가지고 있다.

넌 어디서 살아? - 네 옆에, 넌 뭐가 되고 싶어? - 너와 하나 아니, 너의 마지막, 나와 마지막까지 무얼 할 건데? - 사랑할 거야, 넌 그렇게 살다가 죽고 싶어? - 아니 난 그렇게 영원히 살고 싶어.

그대가 발견하는 일상 속 작은 의미들, 거기에 포개어진 나의 의미를 사랑한다. 나는 그 속에서 참답게 살아가고 있었음을

나 역시 그대의 넓은 바다 속에 펑펑 쏟아지고 싶다, 내 보잘것없는 눈비가 그칠 때를 알지 못하더라도 그대 안에 작은 출렁임의 역사라도 만들고 싶다.

선을 긋기 시작하면 저 너머의 세상은 내 것이 아닌 것이 된다.

사랑의 꽃밭에서 헤매는 이여, 누가 내 마음의 문을 두드리는지 하나하나 귀 기울이지 마라, 오로지 내 비좁은 문을 열고 들어온 그 사람과 마주하라

눈부신 꿈만을 그려 나가기보다 내 울타리 안의 세상부터 밝혀 나가야겠다. 훗날 내가 온누리를 나들이하고 왔을 때 작은 쉼터가 되어줄 따스한 얼들, 그들과 어울려 서로 달래며 지친 마음 내려 놓을 마을, 한곳쯤은 가꾸어 놓아야겠다.

당신이 사람답게 살고 싶다면 이웃을 사랑하라, 그러나 당신이 신으로 살고 싶다면 불가능한 것만 내내 떠올려라

꿈이 이루어지지 않으면 내 간절함을 생각해라, 사랑이 그대를 떠나갈 때 내 마음의 깊이를 생각해라, 우정이 그대를 속이거든 내 마음의 넓이를 생각해라, 이 모든 어려움의 끝에서 그대는 값진 눈물을 얻으리니 그 시름마저 놓아라

그리움은 주기를 두고 우리 마음을 노크하여 한꺼번에 영혼을 파먹는 아주 고약한 도둑이다. 지금 생각나지 않는다 해서 잊힌 것이 결코 아니다.

내가 한 잔의 커피처럼 누군가의 온몸을 파고들 수 있을까, 그래서 아무런 거리낌 없이 나의 온기를 전할 수 있을까

믿음의 그릇은 얼마든지 타인의 소리들을 주워 담지만, 불신의 탈은 어떠한 소리에도 벗겨지지 않는다. 가끔 믿음의 그릇을 깨려는 이가 있으나 정작 동강 나는 것은 불신의 탈이다.

사랑은 외로움의 줄기에 피는 꽃

울고 싶어요, 당신의 여린 얼굴 촉촉한 언저리마다 이마를 맞대고 싶어요, 달빛이 아련한 밤이 찾아오면, 나는 당신의 뺨에 주렁주렁 매달릴 이슬처럼 빛나고 싶어요.

물가나 주가 그런 것 말고 내 눈가를 살펴주면 안 돼?

음악은 일상의 나를 치유하고 때로는 나의 더 많은 것을 쉽게 이야기한다.

나의 말은 내 주변인에게 색깔을 입힌다. 시간이 지나면 나는 나의 색깔에 갇히게 된다. 안타까운 것은 그 말들의 뿌리가 평생 나와 함께 자란다는 사실이다.

하얀 눈발이 그리도 소란하더니, 금세 잊힐 그리움처럼 쌓이지는 않았다. 설렘의 향기들은 아무런 색깔조차 남기지 않았고, 한동안 시린 물빛으로 빛나고 있었다.

나에게 자주 화내고 짜증내고 투정 부리며, 궂은 일 다 부탁하면서도 전혀 미안해하지 않고, 어느 날 힘들면 내 어깨를 잠시 빌려 눈물을 쏟아내는, 나는 그런 사람이 좋다.

좋은 인연과 함께 하는 동안은 아름다운 기회가 연이어 샘솟는다.

사랑은 많은 것을 나누므로 느끼게 될 이끌림을 서로가 받아들이는 것, 그러한 사랑은 가지려 해서도 아니 되며 가질 수도 없는 것.

사랑하는 이에게 당신이 줄 수 있는 최고의 선물은 미소이다.

슬픔은 우리를 춤추게 한다. 한 조각 슬픔이 되어도 좋다, 훗날 그것이 아름답게 빛날 것을 믿는다.

가는 사람은 오는 사람 보지 못하네, 마침내 돌고 돌아 제자리로 오는 삶인 것을, 행여 그리울 것들에게 간다는 말은 하지 마라

이별 또한 살아가는 하나의 과정이다.

막상 혼자인 것 같아도 주위를 둘러보면 어디선가 당신의 소식을 궁금해 하며 지내는 사람이 있게 마련이다, 먼저 다가서지 않으면 좀처럼 다가오지 않는 것 또한 인연이다.

힘들었기에 지루하지 않았음을, 망설였기에 그르치지 않았음을, 외로웠기에 그리울 수 있었음을, 애달픈 만큼 무르익을 수 있었음을, 부서진 만큼 날아오를 수 있었음을! 그래, 지난 모든 일은 아름다웠으나 그것을 쉬이 받아들일 수 없던 마음 그 하나만 돌이키자

서투른 표현은 고쳐 쓸 수 있으나 어긋난 주제는 바로잡기 어렵다. 세상일도, 개인의 삶도 이와 마찬가지이다.

무엇을 읽었는가는 중요치 않다, 무엇을 느꼈는지가 더 중요하다.

마음을 다친 아이들에게는 어른의 관용을 보여주어야만 그들을 참되게 변화시킬 수 있다, 아이들이 가진 문제의 원인조차 파악하지 아니하고 잘못의 크기만큼 돌려주겠다는 것은 옳은 가르침의 태도가 아니다. 걷잡을 수 없는 반항심만 길러줄 뿐이다.

삶의 도르래는 끊임없이 돌아간다, 돌아 돌아서 간다, 내가 오르면 네가 내리고, 네가 오르면 내가 내리고, 오르기는 어렵지만 내리기는 쉽다.

당신의 첫걸음이 마지막 걸음이 될 것이다. 일단 해보자는 마음이 최첨단을 걷게 한다.

꿈이 타오르지 않는 해는 다만 눈부실 뿐 모두 새는 빛, 비끼는 빛이다.

세상의 많은 것들이 내 기쁨 앗아가도 내 슬픔의 진실만은 저렇게 밤하늘에 빛나는구나, 하여 우리의 모습은 여우별처럼 순간 빛날지라도 영원히 기억될 영혼을 가졌음에 감사해야 한다.

세상의 사람들은, 현실의 삶에 충실한 사람과 죽음 이후의 삶을 설계하는 사람으로 구분될 수 있다.

공원에서 책을 펼치니 집중이 되지 않았다. 새소리, 바람소리, 아이가 엄마를 부르는 소리, 그것들은 온몸으로 깨닫게 하는 소리였다. 대부분의 사람들은 진리를 눈앞에 두고 먼 길을 걸어 몇 가지 욕심을 채우고 돌아온다.

답이 없는 삶에서 답을 찾고자 했으니 삶이 더 답답해지는 것이다. 몸과 마음이 가는 길이 엇갈리니 갈 길이 더 막막해지는 것이다. 나의 삶이 답이 될 것이며, 나의 길이 삶이 될 것이다.

고독이 당신에게 진실을 이야기할 것이다.

아무도 당신의 배고픔을 채워주지 않는다. 당신은 이미 그 방법을 안다. 그리고 당신은 누구의 배고픔도 채워줄 수 없다. 그들 또한 그것을 이겨낼 방법을 알아야 한다.

어머니의 밥상에는 나의 하루를 위해 잠든 무수한 허파들의 숨죽임이 고개를 수그리고 있었다. 이들의 평생처럼 나는 아름다운 오늘을 살고 있을까, 생각하며 나는 필사적으로 엉긴 밥알의 눈물을 삼킨다.

가난은 부끄러운 것이 아니다. 가난을 부끄러이 여기는 것이 부끄러운 것이다. 가난을 이겨내지 않는 것 또한 부끄러운 것이다. 가난을 돌보지 않는 마음이 더 부끄러운 것이다. 이웃의 가난을 조롱하는 일은 부끄러움조차 알지 못하는 것이다.

누구나 마음 한편에 빈방 하나 만들어놓고 산다. 그 방이 숨겨진 방이거나 쓸쓸한 방이거나 왁자지껄한 방이 되는 것은 누구와 무엇으로 어떻게 채우느냐에 달려 있다.

비눗방울처럼 꿈이 엷다면 끊임없이 불어라, 그 방울방울이 무지갯빛 나들이를 하리니 조금도 주저하지 마라! 부풀어본 적이 없는 날아본 적이 없는 당신의 한숨을, 지금 이 순간 하늘로 날리어 보내어라!

마음을 파는 장사에는 사람이 남고 물건을 파는 장사에는 불평이 남는다.

화는 또 다른 화를 부른다. 차라리 슬기롭게 설득하는 편이 낫다.

말다툼은 상대방이 내 마음 같지 않다는 섭섭함에서 비롯된다. 하지만 내 마음 같은 사람이 이 세상에 아무도 없다는 것을 알아야 한다. 그러한 상대방을 받아들일 수 없다면 스스로 놓아주어야 한다. 그러한 나의 태도에 상대방의 마음은 더 열리게 되는 것이다.

스스로의 모자람을 꾸짖지 마라, 아파하지도 마라, 우리는 신이 아닌 사람이다, 그래서 우리는 늘 어울리며 사는 것이다.

숱한 거짓 속에서 진실은 빛나는 것이며, 숱한 도전 속에서 노력은 빛나는 것이다.

생각에도 뿌리가 있어 맑은 날 물을 주면 잘 자란다.

누군가는 분명 아름다운 사회를 만들기 위해 노력하고 있다. 아직도 모자란 것을 바꿀 수 있는 사람은 그것을 느끼는 우리 자신일 것이다. - 변화는 나로부터 비롯된다.

나는 웬만한 것에도 가슴이 울렁거릴 만큼 어리석었다.

하고 싶은 일이 있다면 아직 당신은 젊다. 삶의 지루함을 느낀다면 그만큼 기회의 시간이 많다는 것이다.

다스리는 자는 모두를 안을 수 있는 현자라야 한다. 치산치수 역시 이치에 맞는다면 아무도 다스림의 태도나 방식에 관심이 없을 것이다.

신의 입술은 당신의 손끝에 있다.

운명이 내가 하고 싶은 것을 방해할 수는 없다. 시시때때
로 약해졌던 내가 피했을 뿐이다.

내가 존재하는 한 신은 죽지 않는다. 용기 없는 자는 자신
의 존재마저도 불신하게 된다.

나는 여전히 꿈꾼다. 꿈은 여전히 나를 떠나지 않았다, 나
도 사랑의 중력에서 다행히 멀어지지 않았다, 세상은 늘 꿈
꾸는 자의 몫이기에 먼 그리움을 붙잡고도 얼마든지 삶을
이어간다.

나는 태어날 때부터 가장 아름답게 떠나야할 때를 기다려
왔다.

가슴에 담고 싶은 인연의 발걸음에 부치는 글

삶이 많은 부분 힘들게 했어도 지나고 보면 그렇게 살았어야 할 이유나 그럴 만한 가치가 있었던 것 같습니다.

비록 지금 이 순간이 나에게 아무런 답을 주지 않더라도 언젠가는 이곳을 추억하게 될 때가 오지 않을까 생각해 봅니다.

지난 시간에 내가 누구를 만났고 앞으로 누구를 만나서 어떻게 달라진다 해도 변하지 않는 것은 내가 살아온 삶의 흔적들일 것입니다.

그것을 돌이킬 수는 없지만 그 속에서 피어난 그리움들, 다시 맺어질 관계들을 위해 조금 더 힘차게 내딛어야 할 것 같습니다.

아픔이 답을 주기보다 사랑했던 시간들, 남은 시간들이 해결해 주겠죠. 삶을, 내 사람을 진심으로 사랑했던 이들은 적어도 후회 따위는 않을 테니까요.

먼 길이 될 지 순간이 될 지는 걸어 가 보아야 알겠지만 그 끝에서는 꼭 웃음 지으시길 바랍니다.

오늘만, 오늘만 하던 눈물이 내일로 이어지고 내일은, 내일은 말해야지 하던 다짐은 꿈으로만 이어지고 나는 끝내 너의 그림자조차 밟아 보지 못한 채 또 다시 뜨거운 눈물을 쏟네

그렇게 믿고 있을게 우리가 아픔이 아닌 사랑을 나눈 것이라면 네가 말했던 봄도 곧 올 것이라고 우리는 서로를 떠난 것이 아니라 기다려 주고 있는 것이라고 그렇게 믿고 있을게

너 홀로 이곳을 떠나 어딘가에 머물러 있겠지만 우리는 서로를 진정 떠나보낼 수 없는 심장 깊숙이 고여 있다 너에 대한 기억은 끊임없이 생겨나는 뇌세포와도 같아서 내가 사라지지 않으면 너도 잊히지 않는다

나 세상에 태어나 혼자서는 맛볼 수 없는 기쁨이 있습니다
우리가 맞닿아야만 느낄 수가 있는 그 보드라운 것들, 엷은
상아색 풍선 속에 우리 웃음이 가득 부풀어 둘이서 한 없이
날아오르던 꿈들

나 그대 없이 혼자서 맛볼 수는 없었습니다
우리의 눈길이 겨울 들판을 지나와서 여기 따스한 계절에
머무르는 동안 당신이 내 가슴 속에 고운 나비처럼 팔랑팔랑
날아와 속삭였습니다, 달콤한 꿀물이 넘쳐나는 세상보다 그
맛을 함께 알아가는 과정을 동경했노라고

나 세상에 태어나 혼자서는 깨닫지 못한 사랑의 참맛을 알
게 되었습니다
나 그대 없이 혼자서는 알지 못하였기에 하나 둘 세상의 기
쁨이 날개를 달고 우리 곁을 떠나가도 나 그대 하나로 웃을
수 있는 오늘이 있음에 한 없이 행복합니다, 고운 그대여! 나
지금처럼 그대를 사랑하고 또 사랑할 것입니다

젊은 시인에게

두 눈이 동굴이었다가 그리움의 파수꾼이었다가 다시 동굴을 밝히는 이었다가 끝끝내 그 동굴에 갇히어 버려도
너의 열린 눈과 귀, 거침없는 입 그리고 떨리는 손끝은 세상의 부름 앞에 진실하여라

아는 이 없다 하여 슬퍼하지 마라, 애써 다가서려 땀 흘리지 마라, 다만 스스로를 참답게 헤아리는데 모든 것을 걸어라, 그 순간 세상이 너의 그림자를 좇을 것이니

젊은 시인이여! 그들로부터 상투적 살인을 경험하지 마라, 너의 꽃은 여전히 붉고 너의 세상은 여전히 맑구나
오, 베르테르여! 그들에게 상투적 그리움의 진주를 선물하라, 너의 진실이 가장 빛나고 너의 눈물이 가장 아름답구나

自序

　　나는 일기를 마칠 때마다 별을 낚는 소년이라 썼지만 도리어 어머니의 한숨만 낚았다. 책을 덮고 삶의 디딤돌을 함부로 내딛었더니 돌아올 수 없는 길 어딘가에 무릎을 꿇었다, 아니 꿇어야만 했다. 결코 누군가의 그림자는 밟지 않았다, 배터리가 충전되면 해야 할 일 앞에서는 늘 오뚝이가 되었다. 다만 사람이 신이나 기계의 노릇을 할 수 없다는 생각이 들었다. 그 때문에 나는 또 다른 사막으로 향했다, 흐린 생각의 끝자락에 간신히 매달린 채

　　시나브로 서른 두 해를 달려온 끝에 나는 하얀 바다에 맞서 부서졌다, 몸부림치는 파도처럼, 새하얗게

　　요즈음은 일기를 마칠 때 성은 강, 이름은 여울이라 쓴다. 아직도 세찬 물살이 일어 누군가의 한숨을 낚지만 이런 삶은 내가 즐기기에 딱, 이다. 그사이 재주가 늘었는지 물이 오른 고등어가 햇살에 등을 지지면 나는 금세 낚아챌 수 있다. 언어는 생선의 비린내까지 없애는 가장 탁월한 미끼였다. 그러나 나는 칼질에 능하지 않아 대신 난도질을 한다, 피비린내에 신물이 날 때까지

이제 벗이 안주 삼키듯 하는 일을 물을 때마다 나는 세찬
여울에서 별을 낚는다고 한다, 한모금의 소주처럼, 자신 있게.

1980년   진주 출생

1984년   부산에서 생활

1985년   진주에서 조부모님과 생활

1986년   창원으로 이사

1992년   창원초등학교 졸업

1995년   창원중학교 졸업, 문예부 활동

1996년   시조「나이테」로 문학특기자 선발

1998년   창원고등학교 졸업, 문예부 활동

2000년   포임월드넷, 동호회 운영

2000년   『산개미가 바다로 가던 스무 해』 발표

2002년   육군 만기 전역

2002년   『가끔씩 너의 옷깃에 스민 나의 그늘을 기억할까』
　　　　 발표

2003년   『풍자문학』에 시 발표, 한국디지털도서관 정회원

2004년   『헤어지자니 눈물이 난다』 발표

2005년   창원대학교 국어국문학과 졸업, 학과대표로 2년간
　　　　 활동

2005년   입시학원 국어 및 논술 강사 활동

2006년   에듀플렉스에듀케이션 매니저로 근무

2009년   현대카드 영업소장으로 근무

2010년   세계의 명시, 블로그 운영

2011년   『아무도 모르는 이야기』 집필